· 평범한 직장인의 회사 생활 분투기 ·

회사 다녀오겠습니다

· 평범한 직장인의 회사 생활 분투기 ·

회사 다녀오겠습니다

이용준 지음

도서출판 **더로드**
The Road Books

'회사 일이 좋아서 하는 새끼가 어디 있어?'

임상윤 감독의 영화 '회사원'에서 소지섭이 회사를 관두고 싶다고 하자 직장 상사로 나오는 곽도원이 내뱉은 대사다. 대부분 직장인이 이런 생각을 가지고 집 밖을 나서지 않을까 생각한다. 그저 먹고살아야 하니까, 회사에 안 가면 돈 벌 수 없으니 오늘도 지하철을 타고 버스를 타고 회사 문을 힘겹게 밀고 들어가는 것이다.

물론 '아닌데? 나는 회사가 좋은데?'라고 말하는 일부 직장인들도 있을 것이다. 내 경험으로 짐작건대 이들은 회사 일이 너무 좋아서 회사에서 자아실현을 하고 싶은 사람이거나, 남을 부리기 좋아하고 위에서 군림하기 좋아하는 선천적인 관리자 유형의 사람들이다. 세상에는 다양한 사람들이 있으며 이런 부류의 사람들도 분명 존재하는 법이다. 마치 12개국의 언어를 구사하는 사람이 존재하는 것처럼 말이다. 이들은 회사를 자아 성찰과 자기 계발의 장으로 삼고, 회사를 자신의 존재와 동일시하며 회사에서 자신의 존재 가치를 드러내고자 한다. 물론 이들이 나쁘다는 것이 아니다. 다만 조금 다른 유형의 사람들이라는 것뿐. 하지만, 보통의 관념을 지닌 사람 치고 회사 나가기 좋아하는 사람은 거의 본 적이 없다. 물론 나를 비롯해서 말이다.

나는 평범한 10년 차 회사원이다. 그동안 수많은 퇴사의 유혹에 빠져 허덕였으며, 이직하기 위해 수십 번의 면접을 봤고, 수많은 회식 자리에서 술을 마시지 않고 버텨냈다. 회사 다니기 싫어 글을 쓰기 시작했고, 여러 권의 책을 썼지만, 아직도 회사에 다니고 있다. 책이 팔리지 않았기 때문이다. 아마 이 책이 잘 팔리면 또다시 퇴사를 고려해 볼 수도 있을 것이다. 하지만, 내일이면 다시 호흡을 가다듬고 가방을 짊어 메고 문밖을 나설 것이다. 먹여 살릴 가족이 있고 가장의 책무가 있기 때문이다. 오래전 우리들의 아버지들이 그러했듯이 말이다.

이 책은 이렇게 회사에서 10년간의 삶을 보낸 경험과 느낌을 담아낸 에세이다. 이 책은 '회사 생활 잘하기', '회사에서 살아남는 20가지 방법'처럼 일반적인 회사에서의 처세술이나 자기 개발서와는 거리가 멀다. 그저, 현실이라는 거대한 장벽에 부딪혀 꿈을 잃어버린 회사원이 삶을 살아가는 아주 보통적이고, 일상적인 이야기들이며, 그래서 더욱 서글퍼지는 회사 생활에 관한 이야기를 두서없이 써 내려간 책이다.

회사 생활이 즐겁고 신나서 아침에 절로 눈이 떠지는 사람은 이 책을 덮어도 좋다. '회사 생활 좋아서 하는 사람이 어딨어⋯.'라며 한탄을 하면서도 회사로 발길을 돌려야 하는 회사원들의 1그램의 공감이라도 얻었을 수 있다면 그걸로 이 책은 그 소명을 다한 것으로 생각한다. 이 책이 가정과 삶을 지탱하기 위해 오늘도 출근 버스에 몸을 내던져야 하는 직장인들에게 작은 위안이 되기를 소망한다.

차례

회사원의 생각 (Part 2)

회사원의 삶 Part 3

회사원의 업무 (Part 4)

Part 1

회사원의 일상

1

회사원의 복장

'더 편안한 근무 환경으로 바꾸기 위해 복장 규정을 완화합니다.'

최근 미국 투자은행 골드만삭스의 CEO 데이비드 솔로몬이 직원들에게 보낸 이메일 메시지이다. 전통적인 조직문화를 자랑하며 셔츠와 넥타이, 구두만을 고집하던 이 회사가 복장 자율화를 선언한 것이다. 단정히 빗어 넘긴 머리 스타일과 고급 정장을 입고서 거액의 거래를 주선하는 월스트리트에서 주목할 만한 변화였다. 한국도 점차 직장인들의 자유로운 복장에 관해 관심이 높아지고 있다. 국내 5대 그룹

중 유일하게 복장 자율화를 하지 않던 보수의 제왕 현대 자동차도 창립 52년 만에 복장 완전 자율화를 선언했다.

하지만 내 경험에 의하면, 말이 복장 자율화지, 실제로는 그렇지 못한 경우가 허다하다. 겉보기에는 밀레니얼과 MZ 세대들의 의견을 반영한다, 창의적이고 효율적인 조직문화를 만든다는 등 복장 자율이라는 간판을 내세우고 있지만 실제로는 보수적인 꼰대들에 의해 조직은 그대로 고여있는 경우를 흔히 볼 수 있다.

나는 패션 회사에 5년간 근무한 적이 있다. 패션 회사답게 '근무 복장은 자유롭다.'라는 것이 공식적인 인사팀의 입장이었지만, 그 환상은 출근 1주일 만에 깨지고 말았다. 패션에 꽤 민감한 편이었던 나는 당시 유행하고 있던 놈코어룩(꾸민 듯 안 꾸민 듯 특색 없어 보이면서도, 시크하고 감각적인 스타일링의 패션 트랜드)의 캐주얼 차림으로 출근을 했다. 당시 흰색 반팔 폴로티, 검정 슬랙스 바지, 노란 아쿠아 슈즈를 신고 있었다. 인사 팀장은 나를 조용히 회의실로 불러 이렇게 복장 지적을 했다. '폴로티에는 청바지나 면바지를 입고, 양말은 반드시 착용하고 구두나 운동화를 신어라.' 이런 지적을 받은 지 며칠이 못가 '가급적 자사 브랜드의 옷을 입어야 한다.' '경쟁사의 옷은 입으면 안 된다.' '반바지는 입으면 안 된다.' '모자 착용도 금지다.' 등 더욱 다양한 복장 규제가 암묵적으로 존재함을 알게 되었다. 비단 나뿐만이 아니다. 주변 회사원들의 말을 들어 본즉, '내가 생각하는 자율 복장은 카라티에 면바지까지다.'라고 대 놓고 말을 하거나, '자율 복장과 자유 복장은 다르다.'며 복장 관섭을 일삼는 상사가 부지기수라는 것이다.

이런 복장 규제는 창의적이고 개방적인 조직문화를 가진 회사도 크게 다르지 않은 것 같다. 나는 현재 창의적인 크리에이터들이 근무하는 광고 회사에 재직 중인데, 최근 회사 게시판에 이런 익명의 글이 올라왔다. '눈치 안 보고 반바지를 입게 공지를 해달라.' 회사의 복장은 공식적으로 자율 복장이 원칙이지만, 관리 부서와 임원들이 몰려있는 일부 층에서는 반바지를 입는 게 눈치 보인다는 것이다. 제법 이슈가 커지자 대표 이사는 전 직원에게 '반바지를 입어라.'라고 다시 한번 공식적으로 선포했다.

상식적인 직장인이라면 때와 장소에 맞는 복장을 가릴 줄 안다. 중요한 미팅 참석이나 PT 발표가 있는 날, 반바지에 슬리퍼를 끌고 올 직원은 없지 않은가? 자율 복장을 선언한 회사들은 좀 더 직원들의 복장 취향을 존중해 준다면 보다 평화로운 직장생활이 가능하리라 생각한다.

입사 이후의 나의 출근 복장 변천사

입사 초기

정장 차림의 출근 복장. 튀지 않은 감색 슈트에 검정 구두와 평범한 직사각형 서류 가방이 포인트. 머리는 짧게 다듬고, 앞머리는 올려서 왁스로 고정하면 출근 준비 끝

입사 3년 차

정장 상의 재킷과 넥타이를 던져 버리고 셔츠와 슬랙스 차림의 비즈니스 캐주얼 룩 완성! 직장에서 호일펌을 처음 시도했으나 상사에게 보기 좋게 깨짐

입사 10년 차

운동복같이 헐렁한 슬랙스 바지와 반팔 라운드 티셔츠로 놈코어룩을 실현, 슬리퍼나 샌드 차림과 직장생활을 해탈한 듯한 도인 스타일의 장발 머리

회사원의 머리

'스포츠머리로 해주세요.'

'요놈, 이제 중학교 들어가는구나? 허허.'

내가 중, 고등학교 다닌 90년대 중후반까지만 해도 스포츠머리란 사내아이라면 누구나 거쳐야 할 통과 의례 같은 것이었다. 앞머리는 2㎝, 옆머리는 5㎜의 규격화된 스포츠머리를 하고 교복을 입고 무거운 발걸음으로 등교를 하는 것이다. 학생 주임은 바리깡을 들고 교문 앞을 지키기도 했고, 불시에 반을 돌아다니며 두발 검사를 단행하기도 했다. 구레나룻 1㎝의 자존심을 지키려다 가차 없이 머리가 잘린

아이가 한둘이 아니었다. (나도 그중에 속했다.)

 학교를 졸업하고 사회인이 되면 머리를 맘 놓고 기를 수 있는가 하면 그렇지 않다. 자고로 사회인이고 직장에 다닌다면 '직장인 표준 두발'의 범주를 벗어날 수 없다. 10년간 여러 조직을 경험한 후 내가 내린 결론은 이렇다. 남자 직장인의 표준 두발, 앞머리는 눈썹까지, 옆머리는 귀를 덮지 않게, 뒷머리는 목이 살짝 드러난 단정한 머리. 물론 학생 때처럼 대한제국의 단발령 선포 수준의 강한 제재는 없지만, 이성적인 사고를 가진 사람이 직장에 붙어 있으려면 적어도 이 암묵적인 두발 규율을 준수해야 한다. 주어진 범위 안에서 최대한 스타일을 꾸미고 치장해 보지만 직장인 표준 기장을 벗어나면 직간접적인 제재를 받게 될 수도 있다.

 실제도 나는 평범한 직장에 다니면서 다양한 머리를 시도했다가 학생부에 끌려가 지적을 당하는 중학생처럼 직장 상사에게 두발 지적을 받았다. 보수 문화의 끝판왕이라 할 수 있는 자동차 제조업계에 있을 때는 포일 파마를 하고 나타났다가 질책을 받았고, 패션업계에 있을 때도 머리가 길다고 자르라는 팀장의 지시를 받았다. 한번은 머리 지적을 받고 스포츠로 밀고 회사에 나갔다가 이런 말들은 적도 있다.

'자네, 반항하는 건가?'

자의든 타의든 간에 생계를 걱정해야 하는 우리는 조직을 벗어나기 힘들다. 결국, 평가 점수처럼 정상 분포를 그리는 조직의 머리 스타일을 따라 살아야 하는 것이다. 최근 동네 미장원에서 내 순서를 기다리며 잡지를 들척이고 있다가 이런 대화를 목격했다.

'이번에 직장에 입사해서요. 단정하게 잘라주세요.'

'네, 구레나룻은 귀가 살짝 보이게 치고, 뒷머리는 단정하게 자르겠습니다.'

'학생은 단정해야 한다.'며 두발을 제한하던 선생님들도 '직장인은 단정해야 한다.'는 두발을 제한하는 직장 상사도 어떻게 보면 다 제도권의 피해자가 아닐까 생각해 본다. 우리는 그렇게 직장인의 머리를 하고 무거운 발걸음으로 출근을 한다.

직장인 표준 두발

입사 3년 차

짧은 머리는 살짝 왁스를 발라 위로 올린다. 윗머리를 내려도 눈썹 아래까지 오지 않는다. 구레나룻은 귀 아랫선까지 살짝 기른다.

입사 5년 차

가르마를 타서 머리를 넘겨버린 스타일. 살짝 더 길어진 머리를 옆으로 가지런히 넘긴다.

입사 10년 차

적당히 위로 훌훌 넘겨버린 전형적인 꼰대 스타일의 헤어. 팀장 이상급에서 많이 볼 수 있다.

내 머리 모양 변천사

입사 3년 차

헝클어진 머리, 머리 지적을 당하기 전까지 지저분하게 기른다.

입사 5년 차

일명 아프로 펌. Afro는 아프리카계 미국인의 약자로 펌을 촘촘하게 해서 북슬북슬하게 부풀린 형태. 조금 길어진 아줌마 펌의 변형.

입사 10년 차

장발, 가을의 전설의 브래드 피트 머리. 탈색을 하지 않는 선에서 최대한 밝은 염색이 특징.

3

이른 아침 출근에 관해

이른 아침의 정경

어느 회사의 대표 이사가 이런 말을 했다. '내가 이 자리에 있게 된 비결에는 특별한 것이 없다. 단지 출근을 일찍 했을 뿐.' 물론 회사에서 대표 이사가 되고 싶은 것은 아니지만, 나는 단언컨대 천명이 훌쩍 넘는 직원 중 가장 일찍 출근한다고 자신할 수 있다. 평균 출근 시간 6시, 일찍 오면 5시 50분이다. (훗날 대표 이사가 되고자 일찍 오는 것은 아니고, 순순히 여유 있는 개인 시간을 갖기 위함이다.) 이 시간의 길거리는 한가하면서도 분주하다. 아직 출근하는 직장인들은 없지만 도시

가스를 배급하는 차량, 거리를 청소하는 미화원, 재고를 정리하는 편의점 점원, 클럽에서 나와 택시를 잡는 젊은 남녀 등 새벽의 삶은 바쁘게 돌아간다. 한 젊은 남성이 클럽에서 나와 버스 정류소 앞에서 토를 한다. 시원하게 두 번의 토를 하고 나서 입을 쓱 닦고 택시를 탄다.

회사의 출근

회사에 들어오면 역시 아무도 없다. 이 시간이면 아직 청소하는 아줌마들도 출근 전이 시간인 것이다. 아무도 없이 창가로 서서히 비치는 강한 오전의 태양 빛을 등지고 뜨거운 커피를 내린다. 물론 회사 휴게 공간에 비치된 무료 커피 머신으로 말이다. 6시 10분이 되면 청소하는 아주머니들이 하나 둘씩 출근한다. 가장 먼저 모든 자리를 돌며 휴지통을 비우고 떨어진 쓰레기를 줍는다. 화장실 세면대를 닦고 휴지와 가글액을 리필한다. 커피 머신에 커피를 보충하고 주변을 정리하는 것도 청소 아주머니의 역할이다. 6시 50분이 되면 방역 업체의 사무실 방역이 시작된다. 살충제 통을 등에 업고 구석구석 꼼꼼하게 방역을 시작한다. 직원 대부분은 모르겠지만, 코로나 이후 회사 사무실 안에 한동안 아침 방역을 시행했다.

출근 후 하는 일

물론 일찍 출근해서 회사 일을 하는 건 아니다. 회사 업무에 욕심이 있는 것도 아니다. 그저 일찍 와서 소설의 플롯을 구상하거나, 청탁 받은 원고를 작성하거나, 읽고 싶은 책을 읽으며 시간을 보낸다. 평균 200자 원고지 10장 정도의 분량의 원고를 작성하고, 나머지 시간에는 음악을 들으며 책을 읽는다. 내가 근무하는 부서는 출근 시간이 10시기 때문에 하루에 4시간 동안 이렇게 내가 하고 싶은 것을 하며 시간을 보내는 것이다. 10시가 가까워지면 회사 카페에는 사람들이 제법 북적인다. 짐을 싸서 자리로 내려갈 채비를 한다. 이미 새벽에 읽어나 4시간 동안 집중해서 글을 쓰기 때문에 출근 시간이 되면 이미 피곤함을 느낀다. 최대한 생산성 있는 개인 작업에 몰입하고 이후 시간에는 느슨한 마음으로 업무를 시작하는 것이다.

업무의 시작

10시가 되었다. 사무실에 들어와 팀원들에게 인사를 하고 자리에 앉는다. 화장실에 가서 가글을 하고 커다란 머그잔에 마실 물을 따른다. 컴퓨터를 켜고 이메일을 체크한다. 어제 마무리 못 한 업무를 처리한다. 오전 시간은 짧지만 가장 효율이 높아 집중하기 좋다. 반드시 처리해야 할 일을 오전에 처리한다. 딴짓은 하지 않는다. 이렇게 약 1시간 30분 동안 업무를 보고 나면 점심시간이 시작된다.

이른 아침의 길거리는 고요하지만 역동적이다.
다이내믹 코리아!

지각

　나는 집에서 꽤 멀리 떨어진 회사에 다닌 적이 있다. 얼마나 멀었나 하면, 출근하면서 웬만한 영화 한 편을 볼 수 있을 정도였다. 지하철을 2번 갈아타고 회사 통근 버스 출발지로 이동해서 그 버스를 타고 한참을 가야 회사에 도착했다. 따라서 이 통근 버스를 놓치게 되면 그 하루는 굉장히 힘들어졌다. 출근 시간의 교통 상황에 따라 지하철, 시외버스, 마을버스의 최적 조합을 찾아내 이동해야 했기 때문이다. (예를 들면, 지하철 2번- 시외버스-시외버스 또는 지하철 1번-시외버스-마을버스 같은 식이다.)

한날은 어물쩍거리다가 평소보다 10분 정도 늦게 집에서 출발했다. 몇 년을 다닌 출근길이기에 직감적으로 통근 버스를 놓치리라는 것이 예상됐다. 문득 19세기 미국 테네시주 상원 의원이었던 휴 화이트의 명언이 생각났다. '실수를 범했을 때 뒤돌아보지 말라. 과거를 바꿀 순 없지만, 미래는 아직 네 손에 달려있다.' 나는 필사의 노력과 약간의 행운만 따른다면 지각은 면하리라 생각이 들었다. 순간, 마치 2차 세계 대전 당시 독일군의 암호를 해독하는 연합군의 마음으로 신중하고도 재빠르게 최적의 루트와 소요 시간을 계산하고 시외버스를 타기로 결정했다. 계산이 맞는다면 늦어도 5분 전에는 도착할 수 있을 것으로 판단했다.

하지만, 결코 계획대로 되지 않는 것이 인생 아닌가? 나는 5분 지각하고 말았다. 사무실에 올라오니 손목시계는 9시 5분을 가리키고 있었다. 심지어 사무실 시계는 9시 7분이었다. 아마 버스를 타는 과정이나, 건널목의 신호나, 어쩌면 흐린 날씨 또는 유동 인구 같은 어떤 요소들에서 발생한 작은 변수가 나를 지각으로 이끌었을 것이다. 사무실은 마치 고요한 새벽의 호수처럼 조용했다. 나는 땀을 닦으며 슬그머니 자리에 가방을 놓고 팀장한테 인사를 했다. 그는 내 얼굴과 벽에 걸린 시계를 번갈아 보더니 이렇게 말했다.

"지각했으니, 반차를 올리게."

점심 식사

　'점심을 누구와 먹는가?'라는 직장인 설문 조사에서 '혼자 먹는다'라고 응답한 직장인이 작년보다 2배나 높아진 것으로 나타났다. (높아졌다고 하지만 고작 23%에 그친다.) 불과 몇 년 전만 하더라도 직장인이 혼자 밥을 먹는다는 것은 그리 흔한 일이 아니었다. 팀장이 앞장서고 팀원들이 그 뒤를 따르는 것이 점심시간에 볼 수 있는 일반적인 길거리 풍경이었다. 점심은 단순한 휴식 시간이 아닌 근로의 연장이었다. 식사하는 동안 시시껄렁한 팀장의 농담을 들어주고, 업무 진행 상황을 확인하고, 같이 어떤 대상(물론 또 다른 직장 상사)

을 험담하고, 이렇게 식사를 마치면 숨 쉴 겨를 없이 다시 회사로 돌아가 업무를 하는 것이다.

적어도 내가 경험한 바에 의하면 회사에서 '혼자 식사한다.'라는 것은 두 가지 경우밖에 없었다. 먼저 전생에 나라를 구해 자유롭고 사생활이 보장되는 선진 팀 문화를 구축한 훌륭한 팀장 밑에서 일하게 되는 행운을 얻게 된 경우. 아니면, 단호한 의지와 용기를 가지고 '저는 다이어트 중이라 당분간 따로 먹겠습니다.'라고 선포한 경우다. 물론, 개인의 특별한 사정이 있는 경우는 예외로 넘어갈 수 있겠지만, 매일매일 자유의지를 가지고 혼자 식사하는 경우는 그리 많지 않다는 것이다.

최근에는 앞서 말한 설문 조사의 결과처럼 제법 혼자만의 자유를 누리는 회사원들이 갈수록 늘고 있다. 이는 회사 꼰대 문화의 주축을 이루고 있는 60년에서 70년대생으로 구성된 임원과 팀장들이 서서히 조직을 빠져나가고 그 자리를 개인의 삶과 조직 구분할 수 있는 새로운 세대들이 채워가고 있기 때문이라고 생각한다. 나 역시 10년간의 직장생활 중 혼자 자유롭게 식사하게 된 것은 최근 2년 정도에 불과

하고, 이 역시 혼자 자유 시간을 갖기 좋아하는 팀장을 상사로 모시게 된 덕분이다.

　최근 대기업 임원들의 고민을 담은 인터뷰 기사를 봤다. "주 52시간 근로 시스템 덕분에 회식도 줄어든 데다, 점심마저 같이 먹기를 거부하는 팀원들이 많아져서 사는 곳은 어딘지, 관심사는 무엇인지 같은 사적인 얘기를 할 시간도 없어졌다." 이 기사를 읽는 순간, 기사 속의 임원은 정말 고민 같지 않은 고민을 혼자 하고 있다고 생각했다. 직장 동료면 몰라도, 누가 직장 상사와 회식하면서 개인적인 고민이나 관심사를 털어놓는다는 말인가? 이들에게는 미안하지만, 그들과 식사하기를 원하는 사람은 아무도 없을 것이다. 제대로 된 상사를 만나서 휴식 시간을 보장받고 직장인 최대 고민인 '점심 뭐 먹지?'라는 고민 대신 '점심에 뭐 하지?'라는 고민을 하게 될 날이 오기를 희망한다.

근무의 연장선에 있는
팀장님과의 점심 식사

야근

미국 36대 대통령인 린든 베인스 존슨은 이런 말을 했다. '습관의 쇠사슬은 거의 느끼지 못할 만큼 가늘다. 그것을 깨달았을 때는 끊을 수 없을 정도로 이미 굳고 단단해져 있다.' 야근도 마찬가지다. 야근은 습관이다. 그것도 잘못된 습관. 일과 시간 내 처리하는 습관을 들이지 못해, 그리고 경제개발 5개년 계획 시절부터 내려온 '늦게까지 일하는 것이 미덕'이라는 엉터리 관습에 의해 마치 동굴의 주상절리처럼 단단하게 굳어버린 조직의 악습이 야근인 것이다.

야근이 잦은 회사는 그냥 일을 늘어지게 하는 습관이 배어버린 조직이다. 내 경험상 아무리 일이 많다 하더라도 충분히 업무를 조정하고 일할 수 있다. 어차피 회사 일은 끊임없이 돌아가는 영원한 수레바퀴 같아서 중간에 뛰어내리지 않으면 멈출 방법은 없는 것이다.

한번은 인사팀 과장이 이런 말을 했다. '우리는 머리로 일하는 사람을 뽑지 않는다. 엉덩이로 일하는 사람을 뽑는다.' 사실 일이 많은 것이 아니다. 매번 복잡성이 요구되는 업무를 하는 것도 아니다. 그저 상사 눈치를 보며 조직 분위기를 해치지 않는 사람이 필요한 것이다. 머리가 좋은 사람은 이런 조직문화를 버티지 못하고 이직을 한다. 따라서 적당히 역량이 있고, 갈 곳 없는 사람을 뽑는 것이 조직적인 측면에서는 유리하다는 것이다. 적당한 사람을 뽑고, 이들은 야근의 습관을 몸에 새기며 성장하고, 이들 또한 결국 꼰대가 되는 야근을 강요하는 악순환이 반복되는 것이다.

나 또한 이전 회사에서는 평균 퇴근 시간이 오후 8시였다. 일이 많든 적든 항상 8시 정도에 회사 문을 나서는 것이다. 누구나 습관적으로 늦게까지 일하는 조직에서는 마치 숨 쉬듯 당연한 모습이었다. 최근 이직하고 나서는 거의 야근을 해본 적이 없다. 아무도 야근을 하지 않기 때문이었다. 그런 조직이 존재하는 것이다. 그리고 생각해 보니 이전 회사의 비정상적인 근무 행태가 극명하게 대조됐다. 마치 멀리 있을 때 더 잘 보이는 촛불처럼 안에서 보이지 않던 것이 조직 밖에서 바라볼 때는 선명하게 보이게 되는 것이다. '그렇다면 야근을 밥 먹듯이 하는 회사에서 일찍 퇴근하려면 어떻게 해야 하는가?'라는 질문에 답을 한다면 나는 이렇게 대답할 것이다.

'이직하라.' 한 사람의 의지가 조직을 변화시킬 수 있는 것이 아니다. 수십 년간 깊숙이 뿌리내린 조직문화를 일개 직원 한 명이 바꿀 수 없다는 것이다. 한두 번은 일찍 퇴근할 수 있어도 결국 야근의 수렁에서 빠져나올 수는 없다. 미안하지만, 그냥 야근 없는 회사에 이직하는 방법 외에 다른 길이 없는 것이다.

야근 또한 습관의 쇠사슬로 연결되어 있다.

7

저녁 식사

① 잔업이 남았다 → ② 저녁을 시킨다 → ③ 저녁 먹으며 동료들과 수다를 떤다 → ④ 식사를 정리하고 이를 닦는다 → ⑤ 일을 한다→ ⑥ 적당히 마무리하고 집에 간다.

야근 프로세스는 보통 이렇게 진행된다. 사실 따지고 보면 야근이 길어지는 이유는 ②에서 ④번까지의 프로세스가 길어지기 때문이다. 저녁을 먹고 이래저래 정리하고 다시 컴퓨터 앞에 앉게 되면 이미 시간이 훌쩍 흘러 버리는 것이다. 정말 긴급하고 중요한 사안 때문에 늦게까지 작업해야 하는 어쩔 수 없는 상황이 발생할 수도 있다. 하지만, 따지고 보면 이런 상황은 극히 드물다. 보통은 집중하면 1시간 내외로 처리 가능한 작업들이 저녁을 먹음으로 기하급수적으로 늘어지게 되는 것이다. 따라서 기본적으로 늦은 야근을 피하기 위해서는 식사를 하면 안 된다.

이를 위해서는 먼저 '출출한데, 밥이나 먹고 마무리하지.'라든가, '밥만 먹고 가'라는 상사의 권유를 과감하게 뿌리치는 것이 중요하다. 그리고 업무가 끝나고 정말 배가 고프면, 편의점이나 패스트푸드 점에서 간단히 식사하는 것이 좋다. 나는 확실히 후자 쪽이다. 물론 이론적으로는 '저는 따로 편의점 가서 먹겠습니다.'라고 상사의 면상에 대 놓고 말하기는 어렵다. 따라서 나는 '속이 안 좋아서 오늘은 안 먹겠습니다.'라고 발뺌을 한 뒤, 업무를 빠르게 마무리하고 나가서 사 먹는 것을 권장한다. 사실 내가 원체 가공식품을 좋아해 편의점이나 패스트푸드를 언급하긴 했지만, 요는 회사에서 불필요한 저녁 식사와 야식을 피하라는 것이다. 게다가 저녁까지 상사 얼굴을 보며 하루의 마지막 식사를 같이할 이유가 굳이 없지 않은가?

회사에서는 가급적 저녁 식사를 피하라.
퇴근 후 홀로 먹는 밥이 더욱 맛있는 법이다.

퇴근에 관한 단상

"팀장님, 오늘 약속이 있어 먼저 들어가 보겠습니다."

"직장인이 누가 평일에 약속을 잡나? 안돼."

"아, 그래도 오늘은 중요한 약속이라…."

"과장님, 저 먼저 들어가 보겠습니다."

"야, 집에 빨리 가서 뭐 하냐? 밥 먹고 가."

지금이야 주 52시간 근무제, 유연근무제, 워라밸(Work & Life Balance)에 대한 인식 변화 등으로 야근이나 칼퇴근이라는 말이 무색하게 되었지만, 불과 몇 년 전만 하더라도 퇴근하는 것이 그리 쉬운 일이 아니었다. 한번 퇴근 얘기를 꺼내면 위와 같은 대화가 오가는 것이 일반적이었다. 상사보다 먼저 집에 가는 사람은 개념 없는 놈으로 낙인이 찍혔다. 심지어 내 첫 직장에서는 직급 순으로 퇴근하기도 했다. 부장이 퇴근하면 차장이 퇴근하고, 그리고 나머지 직원들이 퇴근하는 것이다. 물론 출근은 반대 순이다.

한번은 회사의 근무 환경 개선을 위해 뭔가 해보라는 지시를 받고 '패밀리 데이'를 기획한 적이 있다. 말 그대로 가족과 함께 시간을 보내기 위해 직원들을 집에 일찍 퇴근시킨다는 취지로 기획된 프로그램이었다. 기획안의 골자는 직원들을 매주 수요일 6시 정각에 퇴근시킨다는 내용이었다. 프로그램은 시행되었고, 직원들은 곧 불만을 표했다. '원래 퇴근 시간이 6시인데, 6시에 퇴근하는 게 무슨 패밀리 데이예요? 그냥 정시 퇴근이지. 패밀리 데이면 5시나 4시 정도에 들어가야 하는 거 아니에요?' 맞는 말이다. 직원들의 불만을 크게 개선되지 않았다. 물론 나도 이를 모르진 않았다. 당시 직원들의 목소리를 들은 임원진들은 이런 궁색한 변명을 내놨다.

'더 일찍 퇴근하면 계열사들에 눈치 보여서 안 된다.'

칼 퇴근을 하려면 적장(상사)에게
칼을 휘두를 단호한 용기가 필요하다.

회식

　세금과 죽음을 피할 수 없듯 직장인의 회식 자리는 그 누구도 피해 갈 수 없는 필수불가결한 요소이다. 그리고 내가 가장 싫어하는 것이 바로 회식이다. 회식은 예측할 수 없다. 회사에서 회식은 보통 예고 없이 시작된다. 또한 한번 시작되면 길다. 그리고 술을 강요한다. 지금이야 많이 없어졌지만, 1차부터 4차까지 이어지는 회식 릴레이는 일반적인 한국의 조직문화이다. 내가 지금까지 몰래 버린 술만 해도 사막에서 오아시스가 생겨날 정도로 많고, 술 대신 마신 콜라 병만 모아도 산속의 도토리처럼 많을 것이다. 직장생활을 하며 습득한 기술 중 가장 유용한 기술 역시 술 마시지 않기 기술이다. 아직도 회식 자리에서 고통받는 술 못 마시는 후배들을 위해 몇 가지 기술을 공유하자 한다.

첫째, 술을 미리 버린 후 잔에 물을 따라 놓고 마시는 척하는 것이다. 이 작전은 가장 고전적인 방식이자 회식 시 가장 많이 사용되는 전략이다. (단, 이 전략은 소주에 한정됨) 테이블 아래 빈 물컵을 미리 준비하고 눈치껏 쏟아붓는다. 이는 건배 제의나 파도타기(파도의 형상처럼 앉은 순서부터 끊기지 않게 술을 마시는 단체 음주 형태) 같이 단체 단위로 술을 마시게 될 때 특히 유용하게 사용된다. 사람들의 집중이 분산되기 때문이다. 잔에 미리미리 물을 따라 두면 부서장이나 상사가 한잔하자고 찾아올 때 원샷으로 대응할 수 있다.

둘째, 마시는 척하고 도로 잔에 뱉는다. 일전에 인터넷에서 '또라이 질량 보존의 법칙'이라는 것이 화제가 된 적이 있다. 어느 조직이든 일정량의 또라이가 존재한다는 것이다. 술자리에서도 마찬가지다. 어느 조직에나 술을 마시지 않는다고 말해도 꼭 강요하는 사람이 있다. 그들은 꼭 이런 말을 하며 술을 권한다. '너는 술을 못 마시니까, 조금만 따른다.'

술을 안 먹겠다는데 굳이 마시라고 강요하는 것이다. 이럴 때는 같이 마시는 척하다가 도로 잔에 뱉어 버린다. 입에 술을 살짝 머금고 있다가 잔을 내려놓기 전 다시 뱉어 버리는 것이다.

셋째, 자주 화장실에 가거나 바람을 쐬러 간다. 술이 어느 정도 들어가고 시간이 지나면, 꼭 담배를 찾는 사람이 하나 둘씩 생겨난다. 이때 같이 밖에 나가서 시간을 보내거나, 자주 회장실에 가서 술자리에서 가급적 떨어지는 것이다. 특히 담배 피우러 가는 그룹들 사이에 있으면 꽤 오랜 시간 동안 술자리를 피할 수 있게 된다. 한 가지 단점은 간접흡연을 해야 한다는 것.

넷째, 그냥 집으로 가라. 술자리가 무르익으면 자리를 옮겨 가며 술을 마시기 때문에 누가 어디에 앉았는지 기억하기 쉽지 않다. 그러면 살짝 빠져나와 그냥 집으로 가라. 인사는 안 해도 된다. 한번은 한 파트장이 이렇게 으름장을 놓은 적이 있다. '중간에 도망가는 놈은 이름을 적겠다.' 그래도 집에 가야 한다. 걱정하지 말고 가라. 회식 자리를 끝까지 지키는 사람이나 집에 가는 사람이나 다음날 회사에 출근해 보면 아무 의미가 없다는 것을 알게 될 것이다. 조직 생활하는 사람들은 기본적으로 타인에게 큰 관심을 보일 정도로 여유가 있지 않다. 며칠만 지나면 회식을 했다는 기억조차 희미해지는 것이 조직이다.

다섯째, 그냥 마시지 않는다. 사실 이것이 가장 현명한 방법이다. 어설프게 취한 척하는 것은 하수들의 전법이다. 장기적인 관점에서는 역시 정공법으로 승부해야 한다. 가장 좋은 방법은 '저는 술을 못 마십니다. 한 방울이라도 들어가면 쓰러집니다.' 등의 멘트를 날리고 단호히 거절하는 것이다. 제대로 된 조직이라면 술을 마시지 않는다고 인사고과를 엉망으로 주거나, 업무적으로 괴롭히지 않는다. 물론 약간의 용기가 필요하다. 하지만 단지 상사의 눈치 때문이라면 단호하게 거절하는 것이 좋다. 직장 상사를 영원히 볼 것도 아니지 않은가?

① 물을 미리 따라 놓는다.

② 상사의 권유에도 부담 없이 잔을 비운다.

월요병

드라마 미생에 보면 이런 대사가 나온다. '무서운 얘기 하나 해 드릴까요? 내일 월요일이에요.' 주말을 쉬고 난 월요일에는 회사에 나가기 싫다. 극도로 나가기 싫다. 한동안 일요일 밤 개그 콘서트가 끝난 후의 허무감과 밀려오는 두려움은 심각한 스트레스로 다가왔다. 밤에는 잠을 설치고 월요일 아침만 되면 마치 세상이 끝난 것처럼 우울한 감정에 휩싸인다.

월요병은 세계적으로 공통적인 병인가 보다. 최근 미국 시카고 러시 대학 (Rush University) 연구팀은 월요병이 '사회적 시차증'(Social Jet lag) 때문이라는 결과를 발표했다. 사람의 신체 시계와 생활 시계가 맞지 않을 때 피로를 느낀다는 것이다. 주말에 실컷 늦잠을 자다가 시간에 맞춰 출근하려니 몸과 생활의 리듬이 깨진다는 것이다. 물론 일리가 있는 말이지만 내 경험으로 미루어 보아 꼭 그렇지만은 않은 것 같다. 나는 금요일에 마무리해야 할 일을 월요일에 미뤄놓는 편이다. 금요일은 야근하기 싫어 일찍 퇴근해야 하니 그만큼 월요일에 처리해야 일이 쌓여 있는 것이다. 일하기도 싫고 또 한 주를 버텨야 한다는 심적인 무게감이 나를 짓누르고 있는 것이다.

월요병을 극복하는 근본적인 방법은? 물론 퇴사를 하는 것이다. 내가 아는 지인은 10년간 불치병 같았던 월요병이 퇴사와 동시에 말끔 사라졌다고 한다. 출근 지하철만 타면 도살장에 끌려가는 소처럼 몸과 마음이 무거웠는데, 이제는 월요일이 기다려진다고 한다. 그러나 상식적인 직장이라면 불가능한 답안이기에 좀 더 현실적인 접근법이 필요하다. 무턱대고 퇴사를 결정하는 것은 지옥문을 여는 것과 같다. 자칫하면 재정 문제나 가족 간의 갈등 등 더 큰 곤경에 처할 수 있기 때문이다. 나 또한 이런 문제를 심각히 고민하다가 이런 결론을 내렸다. '월요일에는 내가 가장 좋아하는 일을 해야겠다.'

나는 월요일 회사 점심시간에 그림을 그린다. 그냥 혼자 그리는 것이 아니라, 개인 드로잉 레슨을 받는다. 매주 월요일 그림을 그리고 심리적 안정감을 찾는 것이다. 좋아하는 그림을 그리고 이에 대한 피드백을 받는다. 비록 짧은 시간이지만 그림에 몰입하다 보면 회사와 관련된 모든 복잡한 생각을 떨쳐버리게 된다. 레슨 시간이 끝나고 업무로 돌아갈 시간이 되면 나는 내가 그린 그림을 한동안 바라본다. 그림을 완성했다는 일종의 자부심과 작은 성취감을 충분히 느끼는 것이다. 그리고 본격적으로 오후 업무에 돌입하기 시작하면 이 작은 성취가 동력이 되어 복잡한 업무를 헤쳐 나가게 하는 힘을 얻게 되는 것이다.

그림을 그리라는 얘기가 아니다. 월요일 가장 맛있는 점심을 사 먹는다든지 좋아하는 음악을 듣는다든지, 서점에 가서 좋아하는 책을 한 권 산다든지 하는 식의 저마다의 좋아하는 것을 찾아 시간을 보내라는 것이다. 물론 이렇게 행

동하는 것이 모든 월요병을 극복하는 방법이라 할 수 없겠
지만, 한 가지 좋은 대안이 되리라고 생각한다.

직장인의 흔한 월요일의 일상

Part 2

회사원의 생각

— ① —

거짓말

미국의 사회심리학 교수인 로버트 펠드먼은 그의 저서 '우리는 10분에 세 번 거짓말한다.'에서 처음 만나는 사람들 사이에서도 평균 10분당 세 번의 거짓말이 이루어진다고 말한 바 있다. 회사원처럼 거짓말을 생활화해야 하는 부류도 없을 것이다. '부장님, 오늘 넥타이가 멋지시네요.' 같은 아부성 거짓말로 아침을 시작해, '죄송한데 메일을 못 받아서'와 같은 핑계로 업무를 보다가 '오늘은 중요한 약속이 있어서'와 같은 거짓말로 회사를 빠져나온다. 실제로 한 취업포털 사이트에서 실시한 조사에 의하면 직장인의 82%가 직장에서 거짓말을 한 적이 있다고 한다.

　아마 직장인들의 거짓말을 하는 이유 1순위는 휴가를 쓰기 위해서일 것이다. 나 또한 연차 하루 내기 위해 수많은 거짓말을 했다. 휴가를 쓰기 위한 거짓말에는 기본적으로 가족들이 연결되어 있다. 건강하시던 할머니가 갑자기 편찮으시고, 큰아버지가 돌아가시고, 어머니가 병원에 입원하시는 등 많은 가족이 휴가를 위해 희생당한다. 가족의 위급 사항 정도 돼야 '음, 그럼 어쩔 수 없군' 하며 납득하는 것이 조직이기 때문이다. 나 또한 다른 회사 면접을 보기 위해 아이들과 아내를 파는 것은 물론이고, 면접용 정장을 지하철 사물 보관함에 넣어 놓고 출근한 적도 부지기수였다.

　최근 회사 근처의 한 카페에서 전 회사 직장 동료와 우연히 마주쳤다. 그는 화창한 오후의 햇살을 만끽하고 있는 듯 여유 있게 커피를 마시며 책을 보고 있었다. 그는 이 근처에서 영화 한 편을 보고 시간이 남아 카페에 들어왔다고 했다. 평일 오전에 무슨 영화를 보느냐고 물었더니, 회사에 거짓말하고 휴가를 냈다고 한다. 재밌는 것은 집에는 회사에 출근한다고 거짓말을 했다는 것이다.

왠지 씁쓸하지만, 이것이 직장인들의 현실이다. 자신만을 위한 온전한 하루를 보내기 위해 거짓말을 불사하는 것이다. 자신의 삶을 지탱하기 위해, 워크 앤 라이프 밸런스(Work and Life Balance)를 맞추기 위해 다양한 방식의 거짓말을 늘어놓아야 하는 것이다. 나는 직장인이 가장 흔히 던지는 거짓말 1위라는 '언제 한번 밥이나 먹자.'라는 말을 던지고 사무실로 돌아왔다. 그는 '좋지. 내가 봐서 연락할게.'라고 말했다. (물론 거짓말이다. 그는 단 한 번도 내게 연락한 적이 없다.) 나는 보고서를 재촉하는 팀장에게 '거의 다 됐다.'라는 거짓말로 3시간을 때운 후 '일이 있어 먼저 나가 보겠다.'라는 거짓말과 함께 회사를 나왔다.

'이놈의 회사, 거짓말하기 싫어서라도 때려치워야지.' 하는 말을 뱉어 보지만, 곰곰이 생각해 보니 이 역시 거짓말이다.

직장인의 거짓말

오늘 일찍 가보려고요,
부모님이 편찮으셔서….

오늘 야근이라
좀 늦어.

노새

프리드리히 2세는 18세기 중반 독일을 유럽의 강대국의 반열로 올려놓은 데 혁혁한 공을 세운 인물이다. 어느 날 한 대위가 그에게 이렇게 물었다.

"폐하처럼 훌륭한 전략가가 되기 위해서는 어떻게 해야 합니까?"

왕은 그에게 이렇게 답했다.

"전쟁사를 열심히 공부해야 한다."

대위는 고개를 갸우뚱하더니 이렇게 말했다.

"이론보다는 실전 경험이 더 중요하다고 생각합니다."

그러자 왕은 이렇게 대답했다.

"우리 부대에 전투를 60회나 치른 노새가 두 마리 있다. 그러나 그것들은 여전히 노새다."

아무리 현장에서 구른 경력이 많더라도 노새에겐 지휘를 맡길 수 없다. 아무리 경험이 많더라도 기본적인 실력과 역량이 미흡하기 때문이다. 회사에도 이런 노새들이 있다. 이들은 자신들의 실력보다는 일명 '짬 순(짬밥 순서)'이라고 불리는 연공서열 문화의 수혜자들로 단순히 '직장에 오래 다녀서' 또는 '내 경험이 많아서'라는 식으로 자신들의 권력을 과시하는 유형의 사람들이다. 경력과 근속연수에 따라 직원들의 급여와 인사이동을 결정하는 문자 그대로의 연공서열 제도는 이미 기업에서 자취를 감췄지만, 마치 보이지 않는 그림자처럼 아직도 조직 그늘에 속에 살아 숨 쉬고 있는 것이다. 이를테면 '이번에 A 과장이 승진 대상이니까 고과를 몰아주겠네.'라는 식의 관행적인 평가나 '자, 이번 TF가 성공적으로 마무리됐으니 TF장인 B 차장이 포상 받아야지.' 식의 편파적인 보상이 만연한 것이다.

최근 프로젝트팀의 멤버로 들어가 중요한 프로젝트를 진행했다. 프로젝트 리더로 A 부장이 결정됐다. 그는 큰 목소리로 멤버들을 모아놓고 자신의 업무 경험에 대한 일장의 연설을 했다. 프로젝트 주제와 맞지 않는 마치 자신의 인생철학을 늘어놓는 듯한 내용을 1시간가량 쏟아내며 '알았지?'라는 말을 남기고 사라졌다. 모두가 어리둥절했다. A 부장이 나가고 그와 같은 팀의 B 과장이 다시 프로젝트 업무에 대해 정의하고 방향성에 관해 설명했다. 프로젝트의 멤버로 모인 각 팀의 사람들은 직감적으로 알 수 있었다. 누가 노새이고 누가 마부인지를.

프로젝트가 진행되는 동안에도 A 부장은 아무 일도 하지 않으면서 '야, 이건 말이야, 원래 이렇게 하는 거야. 네가 작성한 것은 알아보기 힘들다고.' 하는 식으로 사사건건 자신의 경험담을 늘어놓으며 실무진들을 혼돈에 빠트렸다. 결과적으로 이 프로젝트는 성공적으로 마무리됐다. 하지만, 프로젝트의 마부는 주제에서 벗어나 뛰쳐나가려는 노새를 다시 붙잡아 우리에 가두기 위해 많은 시간을 소비했으며, 프로젝트 팀원들도 잘못된 방향 지시 덕분에 같은 일을 수십 번 반복해야 하는 고초를 겪었다.

오늘도 회사 식당에서 짬밥(대규모 식당에서 밥을 짓기 위해 쪄서 만든 밥으로 통상 집단의 급식을 일컫는 말)을 먹으며 짬밥을 먹기 위해 길게 늘여진 줄을 바라보니 이런 생각이 든다.

'예전이나 지금이나 조직은 짬밥 순일 수밖에 없는 건가?'

노

새

어느 회사나 조직의 노새는 존재한다.

3

내 꿈은 회사원

어렸을 적 꿈은 과학자였다. 로봇을 만드는 과학자. TV에서 본 마징가 Z와 메칸더 V 같은 거대 로봇 만화의 영향 덕분이었다. 중학교에 올라오니 선생님이 희망 직업을 적어내라고 했다. 당시 컴퓨터 게임에 빠져 있던 나는 컴퓨터 프로그래머라고 적었고, 가장 친했던 친구는 '회사원'이라고 적었다.

'너 회사원이 될 거야?'

'응, 뭐 딱히 생각나는 것도 없고….'

나는 그때 '중학생까지 된 녀석이 제대로 된 꿈이 없다니 한심하군'하고 생각했다. 중학생 정도 되었으면 의사, 판사는 아니더라도 회계사, 경찰관 같은 뭔가 번듯해 보이는 직장 정도는 가져야 하지 않나 생각이 든 것이다. 그리고 시간이 흘러 나는 평범한 회사원이 되었다. 뭔가 직업을 적어내야 하는 서류에는 회사원이라고 작성한다. 그 친구도 시간이 흘러 역시 회사원이 되었다. 꿈을 이룬 것이다. 다양한 꿈을 공유하던 당시 친구들은 모두 회사원이 되었다. 회사에 출근하고, 비슷한 일을 반복하고, 시간이 되면 집으로 돌아온다.

최근 한 신문의 설문 조사는 성인남녀의 83%가 어린 시절의 꿈이 나이가 듦에 따라 사라졌다고 밝혔다. 그 이유에 대해 응답자들은 '현실에 부딪히면서 꿈이 작아졌다.', '어렸을 적에는 세상 물정을 잘 몰랐다.'라고 답했다. 그리고 그중 3분의 1은 '더 이상 꿈이 없다.'라고 답변했다. 우리는 모두 각자의 꿈을 꾼다. 그저 시간의 흐름에 맡겨 삶을 살다 보니, 생계를 위해 직업을 선택하다 보니, 그 종착역이 회사원이었을 뿐.

무엇을 꿈꿔 왔던 지금 우리는
회사원이 되었다.

명상

한번은 회사에 너무 가기 싫어 연차를 냈다. 집에 중요한 일이 있다고 거짓말을 했다. 매일 핀잔만 주는 상사는 꼴도 보기 싫었고, 아무런 의미 없는 일을 끊임없이 해내야 하는 상황도 싫었다. 혼자 카페에 들어가 생각했다. '아, 퇴사하고 싶다. 퇴사하고 학원 강사나 할까, 아니면 어디 가서 장사라도 할까.' 오전 내내 커피를 마시며 이런 고민을 했다. 하지만 돌파구는 찾을 수 없었다. 처자식이 있는 가장이고, 회사에 다녀야 먹고살 돈이 나오기 때문이다.

온종일 생각하다가 내가 내린 결론은 당장 이 순간을 헤쳐 나갈 수 있는 무엇을 찾아야 한다는 것이다. 내일이면 다시 아무 일 없다는 회사에 나가서 힘든 내색하지 않고 하루를 또 버텨야 한다. 그러기 위해서는 하루를 버티기 위한 일종의 장치가 필요하다. 그래서 내가 생각해낸 것이 바로 명상이었다. 그렇다. 가부좌를 틀고 염불이나 만트라 등을 읊는 그런 명상 말이다. 무언가 새로운 힘을 실어주는 것은 물리적인 것이 아닌 어떤 영적인 힘이나 마음에서 나온다고 생각했다. 나는 인터넷을 통해 다양한 명상과 마인드 컨트롤에 관한 방법을 연구했고, 나만의 명상 시간을 갖기로 마음먹었다.

나는 바로 다음 날 아침 일찍 일어나 회사 근처 카페에 들어갔다. 적당한 자리에 자리 잡고 이어폰을 귀에 꽂았다. 그리고 조용한 파도 소리가 들리는 명상음악을 틀고 눈을 감았다. 그리고 어린 시절 행복했던 추억의 단편을 떠올렸다. 이를테면 아빠가 태워주던 자전거 뒷좌석에서 바라보던 코카콜라 간판이나, 기차 여행길 창가에 보이던 아름다운 코스모스 같은 것들이다. 그리고 이런 행복한 순간들이 오늘 현실화되어 일어날 것이라고 마인드 컨트롤했다. 오늘 하루

는 행복하고 소중한 순간들로 가득 차게 되리라 생각했다. 30분간 명상을 하고 나니 기분이 상쾌했다. 거리를 나서니 아침의 햇살은 눈부시게 빌딩 사이를 비추고 있었고 하늘의 새들은 이 세상을 축복하고 있다는 듯 아름답게 지저귀고 있었다. 나는 생각했다. 오늘 하루는 잘 흘러갈 것이다.

회사에 들어서니 다시 숨이 막히기 시작했다. 하지만 나는 다시 마음을 고쳐먹고 다시 한번 마인드 컨트롤을 했다. 오전 업무가 시작됐다. 다급한 메일 요청이 쏟아지고, 휴대 전화와 회사 전화의 벨 소리는 번갈아 가며 울려댔다. 상사는 엉뚱한 업무 지시를 하고, 사내 메신저는 잡다한 문의 내용이 쏟아졌다. 허둥지둥하다 보니 어느덧 점심시간이 되었다. 나는 생각했다. 명상의 힘이 없었다면 오전을 제대로 버티지 못했을 것이다. 오후에는 본격적으로 긴 미팅이 시작됐다. 상사는 두 번째 엉뚱한 지시를 내렸다. 엉뚱한 업무를 급하게 처리하다 보니 내 업무를 보지 못했다. 야근이 확정됐다. 나는 생각했다. '아, 명상이고 나발이고 때려치우고 싶다.'

내 의자와는 상관없이 모든 것이 리셋이 되어버린 하루였지만 다음 날도 일찍 일어나 카페에 나가 명상을 했다. 명상

하다가 깜빡 졸았다. 깨어 보니 지각이다. 상사의 질책으로 아침을 시작했다. 모든 것이 엉망이었다. 나는 더 이상 명상을 하지 않는다. 이직을 했기 때문이다.

브레이킹 배드

최근 브레이킹 배드라는 미드를 정주행 했다. 6년에 걸쳐 시즌5까지 방영된 이 드라마를 단 1주일 만에 다 봐버렸다. 평범했던 고등학교 화학 교사 월터가 50대에 암에 걸려 마약을 제조하게 된다는 이야기다. 시한부 삶을 선고받은 한 50대 가장은 자신의 병원비, 집 대출금, 아들 대학교 등록금 등 앞으로의 생활비를 걱정한다. 그는 '하이젠버그'라는 가명을 사용하면서 자신의 화학 지식을 이용해 마약을 제조해 팔기 시작한다. 자신의 숨이 붙어 있는 동안 어떻게든 가족들의 생계를 책임지겠다고 시작한 일이지만 시간이 흐르자 그는 마약 제조뿐 아니라 마약을 전국에 유통하고 살인까지 서슴지 않는 극악무도한 마약왕 하이젠버그가 되어버린다. 이 모든 것은 가족이 더 이상 돈 문제로 비참한 삶을 살게하지 않겠다는 다짐에서 시작됐다. 월터는 극 중 늘 이런 말을 한다. '이게 다 가족을 위한 거야.' 그는 가족을 위해 자신의 삶을 파괴하며 돈을 벌지만, 결국, 이 때문에 가족도 파괴되고 만다.

최근 상무에서 전무로 승진하기 위해 전전긍긍하는 임원 A를 본 적이 있다. 자신이 필요하면 새벽 2시에도 카톡을 날리고, 이른 아침이나 주말에도 갑작스러운 업무 미팅을 진행하거나, 오후 8시에 퇴근한다고 핀잔을 주는 전형적인 꼰대형 상사였다. 자신의 실적을 위해 밑의 직원들을 하인처럼 부리고, 하대하며 주말 근무도 서슴지 않는 그의 모습을 보니 마치 그가 브레이킹 배드의 월터의 삶과 닮았다고 생각했다. 그도 처음에는 가족을 먹여 살린다고 아등바등하며 여기저기 뛰어다니며 일했겠지만, 어느덧 반복되고 익숙해진 회사 생활 속에 동료나 후배들을 짓밟고 승진하려는 자신의 탐욕스러운 욕망만이 남아 버린 것이다. 주말 없는 그의 삶을 반추해 볼 때 그에게 진정한 행복과 가족은 어떤 의미일까 하는 생각을 지울 수 없었다.

이는 비단 임원 A만의 문제는 아닐 것이다. 생각 없이 조직에 머물러 있으면 우리도 자신이 모르게 조직의 하이젠버그가 되어 버릴 수 있다. 가족을 위해 회사로 힘든 발걸음을 옮기고 있는 우리도 다시 한번 삶의 의미를 돌이켜 볼 시간이 필요할 것이다.

조직의 하이젠버그

6

월급과 용돈

　직장인들은 흔히 월급을 마약에 비유한다. 한 달간 직장에서 겪었던 고달픔을 잠시 없애주고 다시 일할 수 있게 하는 동력이 되기 때문이다. 월급이 많으면 그만큼 중독도 심해진다. 퇴사하고 싶은 마음이 굴뚝같다가도 매월 아주 적절한 타이밍에 투여되는 이 월급 마약은 모든 것을 잊게 하고 아무 일 없었다는 듯 다시 직장으로 발을 돌리게 한다. 재미있는 것은 월급이 적고 많음과 상관없이 누구나 이 월급 마약에 중독돼 버린다는 것이다.

　내 월급은 아내가 관리한다. 따라서 나는 소정의 용돈을 받아 사용한다. 자신의 번 돈에 대한 통제권을 잃어버린다는 것은 월급 자체가 삶을 살아가는 동력이 될 수 없다는 말이다. 100만 원을 벌든 1,000만 원을 벌든, 수중에 들어오는 것은 정해진 용돈 이외에는 없기 때문이다. 따라서 나는 한 푼이라도 더 벌려고 아등바등하고 승진을 위해 목숨 거는 사람들을 보면 '뭐, 저렇게까지 필사적이야?' 하는 반응을 보이기도 했다.

하지만, 이내 놀라운 사실을 발견했는데, 나 역시 용돈 받는 날을 손꼽아 기다린다는 것을 알게 됐기 때문이다. 내 용돈을 밝히자면 대리 시절 18만 원, 과장 시절 20만 원, 현재 30만 원이다. 승진과 동시에 조금씩 인상됐다. 참고로 저 용돈은 교통비를 제외한 순수 식비용으로만 구성된 용돈이다. 가끔 '어떻게 저 용돈으로 생활을 할 수 있는가?'라는 질문을 많이 받는데, 나는 기본적으로 직장인의 3대 과소비의 원천인 술, 담배, 친구 만나기를 하지 않고 물건을 잘 사지 않기 때문이다. (참고로 나는 『어느 미니멀리스트의 고민』이라는 책을 집필한 미니멀리스트이기도 하다.) 20만 원에서 갑자기 30만 원으로 용돈이 50% 인상되었는데 그렇다고 소비가 많아진 것은 아니다. 그중 20만 원은 최근 시작한 음악 레슨비로 나가고 있다. 오히려 용돈은 10만 원으로 줄었다고 볼 수 있다. 적은 용돈이지만 용돈이 내 통장에 꽂히는 날이면 '음, 이달도 열심히 했군'하는 생각과 함께 나 자신에게 작은 보상을 한다. 맥도날드에 가서 2,300원짜리 치즈버거 단품을 하나 사 먹고 중고 서점에 가서 읽고 싶은 책 한 권을 사 들고 집에 가는 것이다. 이를테면 월급날에 치러지는 하나의 의식 같은 것이다. 수중에 큰돈은 없지만, 이 작은 행위를 통해 마음은 부유해지고 다시 회사에 나갈 힘을 얻게 되는 것이다.

월급은 마약과 같다. 그리고 용돈도 마약과 같다. 쉽게 발 들여놓았지만, 빠져나오긴 어려운 마약처럼 우리는 그렇게 회사에 중독되어 버리는 것이다.

직장인의 월급은 마약과도 같다.

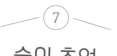

술의 추억

회사에 처음 입사하고 며칠 뒤 팀 워크숍이 있었다. 사실 말이 좋아 워크숍이지, 실체는 회삿돈으로 먹고 노는 술 파티였다. 멀리 나가 밤새 술을 진탕 퍼마시고, 노래를 부르고, 윗사람에게 아부와 아양을 떠는 성인판 재롱 잔치인 것이다. 워크숍이 어느 정도 무르익자 팀장은 신입 사원 4명을 불러 세우고 이렇게 얘기했다. '야, 신입 사원 신고식 준비해.'

말이 떨어지자 무섭게 과장 2명이 의자와 막걸리, 맥주, 소주를 준비했다. 그중 한 명은 콜라 페트병을 칼로 잘라 깔때기를 만들었다. 예감이 좋지 않았다. 입사가 가장 빠른 신입 사원이 의자에 먼저 앉았다. 과장 한 명은 신입 사원 K의 팔을 붙잡았고, 또 다른 과장은 입게 깔때기를 물리고, 모든 술이 섞인 폭탄주를 부어 넣었다. K는 '컥'이라는 외마디의 비명만 지른 채 폭탄주를 강제 주입당했다. 마치 월남전 당시 베트콩에게 붙잡혀 물고문을 당하는 연합군의 모습과 흡사했다. K는 입가에 폭탄주를 질질 흘리며 널브러졌다.

다음은 신입 사원 P의 차례였다. 그는 의자에 앉자마자 소리를 질렀다. 과장은 이렇게 말했다. '괜찮아, 우리도 다 해봤어. 금방 끝나.' 깔때기를 입에 물리자 비명은 더욱 크게 울렸다. 폭탄주가 목구멍으로 쏟아지자 그는 강하게 과장의 팔을 뿌리치고 폭탄주를 크게 내뿜었다. 폭탄주는 아름다운 포물선을 그리며 공중에서 흩어졌다. 그가 뿜어낸 술 방울은 어두운 조명에 산란되어 흡사 로마의 트레비 분수가 연상될 정도로 신비하고 생동감 있는 술 분수를 만들어 냈다. 입으로 분수를 뿜어낸 P 사원 또한 너덜너덜해져 곧 뻗어 버렸다. 다른 직원들은 비겁하게 숨어서 즐겁게 웃고 있었다.

내 차례가 돌아왔다. 두 명의 신입 사원들이 사라지는 동안 나는 머릿속으로 전략을 세웠다. 입에 술이 들어오면 가득 머금고 있다가 다 쏟아내 버리는 전략이었다. 의자에 앉았다. 축축했다. 의자는 이미 K와 P가 쏟아낸 술에 의해 흥건히 젖어 있었다. 곧 팔이 잡히고 깔때기가 입안으로 들어왔다. 제레미아 덴튼이 자신의 포로 생활을 묘사한 책, '지옥의 향연When Hell Was in Session'의 한 대목이 머릿속에 스쳐 지나갔다. 차가운 술이 입안으로 들어왔다. 나는 계획대로 입안에 술을 가득 찰 때까지 기다리고 있다가 한 번에 다 쏟아냈다. 과장은 나를 보며 이렇게 말했다. '어쭈, 다 쏟아? 다시!'

어떻게 그 밤이 끝났는지는 잘 기억나지 않는다. 신입 사원 2명은 이 사건 이후 곧 회사를 그만뒀다. 나는 이 사건 이후 두 번 다시 회사에서 권하는 술은 마시지 않기로 다짐했다. 그 누구도 술로 나로 굴복시키지 못할 것이라고 강하게 마음먹었다. 이건 자존심의 문제였다. 그 이후로 회사에서 권하는 술을 마시지 않았다. 상무가 주는 술도, 전무가 주는 술도, 대표 이사 권하는 술도 마시지 않았다.

조직 생활을 하면서 술을 마시지 않는 방법은 아주 간단하다. 단호한 표정을 지으며 '나는 술을 못 마신다.'라고 선포를 하고 강한 의지를 보여주면 된다. 그럼 그것으로 끝이다. 상사의 눈치를 볼 것도 없다. 초장부터 '술 안 먹는 녀석'으로 낙인찍히면 오히려 그것으로 편안한 회식 자리를 얻게된다. 어설프게 받아먹다가는 도리어 낭패를 보고 만다. 많은 사람이 직장생활하는데 어떻게 술을 안 마실 수 있냐고묻는다. 하지만 이 용기 있는 한 마디면 가능하다.

'저는 술 안 마십니다.'

*참고로 이 사건은 2010년 근대적인 조직에서 일어난 실재 사건임을 밝힌다.

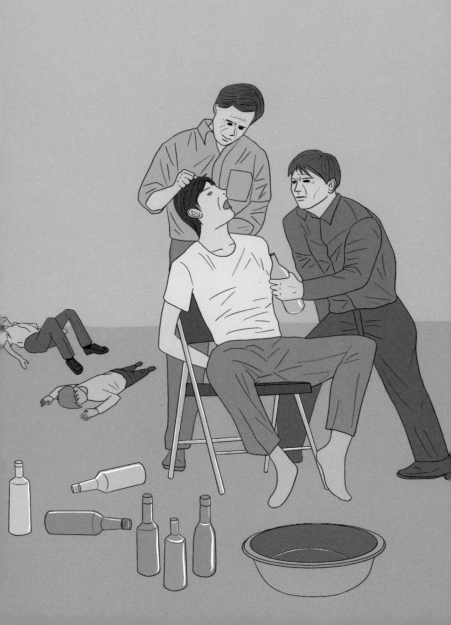

8

회사의 좋은 점

　나는 기본적으로 조직 생활이 맞는 체질이 아니다. 물론 '회사가 체질에 맞는 사람이 어디 있는가'라고 물어볼 수도 있겠다. 하지만 의외로 회사가 체질에 맞는 사람이 있다. 정말 '회사가 아니면 이 사람은 무엇을 할 수 있을까'라는 의심이 드는 사람, 지시와 관리를 좋아하는 천성적인 관리자 스타일의 사람, 자신보다 직급이 낮은 직원들 앞에 군림해서 거들먹거리기를 좋아하는 사람들처럼 세상에는 회사가 체질인 사람이 존재하는 법이다.

　나는 혼자 있기를 선호하는 성격으로 여러 사람과 엮이

는 것을 좋아하지 않는 편이다. 따라서 일단 조직이나, 팀의 일원으로 근무한다는 것 자체가 큰 피곤함으로 다가올 때가 많다. 그렇다고 회사를 떠날 수 없다. 돈이 없기 때문이다. 가족을 부양하려면 일정한 소득이 보장되어야 한다. 꼬박꼬박 대출금도 갚아야 하고, 아이들 학원도 보내야 하고, 기르고 있는 강아지나 고양이 사료도 구입해야 한다. 회사에 다니기 싫으니 사업을 해볼 생각도 있지만, 역시 할 수 없었다. 돈이 없었기 때문이다. (참고로 내가 경영대학 교과서에서 배운 첫 문장이 바로 이것이었는데, 정말 진리라고 생각한다. 'It takes money to make money' - 돈을 벌려면 돈이 필요하다.)

한번은 억지로라도 회사를 잘 다녀 봐야겠다는 생각에, '회사에 다니면 어떤 장점들이 있을까'하는 생각을 해 본 적이 있다. 점심시간 카페에 홀로 앉아 머리가 정화될 것 같은 편안한 모차르트 소나타 연주를 들으며 회사에 다니면 어떤 가치가 있는가에 대해 하나씩 적어 봤다. 그랬더니 의외로 몇 가지 이유가 있었다.

첫째, 개인 작업 공간의 확보다. 앞서 언급한 것처럼 나는 회사에 일찍 출근한다. 보통 6시면 출근하는데 애사심이 특출해 새벽부터 업무를 시작하기 때문은 아니고, 새벽에 글을 쓰거나 음악 작업(나는 취미로 작곡을 하고 있다.)을 하기 위함이다. 퇴근 후 집에 와서 개인 시간을 확보할 가능성은 마치 성층권의 공기 밀도처럼 희박하다고 생각한다. 밀린 집안일을 하거나, 아이들과 대화하거나, 아내와도 시간을 보내야 하며 기르고 있는 동물들까지 신경 써야 하니 무언가에 집중할 수 있는 시간을 마련하는 것이 쉽지 않기 때문이다. 이런 이유로 언제부터인가 회사에 일찍 나와 개인 프로젝트를 진행했는데, 의외로 조용한 사무실에서 높은 집중력을 발휘할 수 있었다. 그 누구에게도 방해받지 않는 조용한 공간에서 시원한 에어컨을 쐬며 공짜 커피를 마시고 느긋하게 글을 쓰거나 음악을 만들고 있으니, 회사 사무실은 훌륭한 개인 작업실이 되었다. 실제로, 출간된 많은 원고들이 회사에서 작성되었다.

둘째, 다양한 경험이다. 회사에 다니면 좋은 또 한 가지 이유는 바로 다양한 경험을 공짜로 할 수 있다는 것이다. 한때 회사 다니기 싫어 전업 작가로의 전향을 심각하게 고민한 적이 있다. 하지만, 이내 이런 생각을 접고 말았다. 결국 독자의 마음을 움직이는 것은 작가의 뛰어난 문체와 표현력이 아닌, 작가의 경험에서 나오는 진정성인 경우가 많기 때문이다. 헤밍웨이는 세계 대전에 참전한 경험으로 『누구를 위하여 종은 울리나?』, 『무기여 잘 있거라』 등의 명작을 집필했고, 엘프리데 옐리네크는 자신의 경험을 바탕으로 한 자전적 소설 『피아노를 치는 여자』를 통해 노벨 문학상을 받았다. 회사에 다니면 집에 있을 때 겪을 수 없는 다양한 경험을 할 수 있다. 나는 회사 출장으로 인도에서 몇 달을 지냈고, 모스크바와 두바이에 다녀왔다. 스페인과 포르투갈, 파리 시내를 혼자 여행한 것도 순전히 회사 업무 덕분이었다. 가장 좋은 것은 이 모든 경험이 공짜, 즉 아무런 대가가 없다는 것이다. 이런 다양한 경험은 실제로 내가 책을 쓰는 데 큰 도움이 됐다.

그리고 셋째, 아 미안하지만 생각해 보니 셋째는 없다. 이게 회사 생활 장점의 전부인 것 같다. 이런 이유를 들고 나는 오늘도 회사에 출근한다. 회사에 다니기 싫지만, 오늘도 꾸역꾸역 나와 이런 글을 쓰고 있다.

회사에서 겪은 경험은 책을 쓰는 중요한 소재로 사용된다.

퇴사에 관한 고찰

최근 몇 년간 출판계의 키워드 중 하나는 '퇴사'였다. 퇴사라는 주제가 처음 서점가에 등장했을 때는 굉장히 신선했다. 누구나 가슴속에만 품고 있던 사표를 당당하게 던지고 자신의 꿈을 찾아 떠나는 모습은 직장인이라면 누구나 한 번쯤 꿈꿔 온 이야기이기 때문이다. 시간이 흐르자 출간된 퇴사 관련 서적만 해도 100종이 넘어갔다. 퇴사했다는 사람도 많고, 퇴사하겠다는 사람도 많다. 나 또한 회사 다니기를 죽도록 싫어하는 1인으로써 극히 공감이 가는 주제가 바로 '퇴사'였다. 항상 '회사 때려치우면 뭐 하지?'라는 고민을 품고 살아왔기 때문이다.

그동안 회사 다니기 싫어서 사업 아이템을 찾아보기도 하고, 해외 이민을 알아보기도 했다. 하지만 쉽지 않았다. 당장 회사를 때려치우면 할 만한 것이 없었다. 사업 밑천이 될 종잣돈이 없었다. 처자식이 있는 중년은 걸림돌이 많았다. 그렇게 회사에 다니며 받은 월급으로 하루하루를 살았다.

어느 화창한 4월 오후, 회사 점심시간이 되어 밖으로 나왔다. 눈송이처럼 핀 벚꽃이 선선한 바람에 휘날려 내 앞에 떨어졌다. 햇살은 눈부시게 비치고 있었다. 작은 구름 한 점 없는 맑은 날씨였다. 그날 내가 한 일은 팀장과 짜장면을 먹고 보고서를 작성하다 늦게 퇴근해 드라마를 본 게 전부였다. 밤에 눈을 감으며 오후의 햇살에 대해 생각했다. 마치 휴가지에서 느낄 수 있는 폭은 한 햇살이었다.

다음 날 일찍 일어나 커피숍에 갔다. 돈 안 들이고 할 수 있는 사업을 생각했다. 그렇게 몇 달을 고민했다. 그리고 내가 내린 결론은 '책 쓰기'였다. 돈 안 들이고, 시간만 투자하면 제품을 만들어 낼 수 있는 게 책이었다. 이렇게 내게 있어 책 쓰기란 퇴사와 밀접하게 연관되어 있었다. 책을 써서 돈

을 벌면 회사를 나와야겠다고 생각한 것이다,

하지만, 나는 회사를 나오지 못했다. 책으로 돈을 벌지 못했기 때문이다. 출간된 책은 늘어 갔지만, 내가 번 인세 수입으로는 한 달도 채 버티기 힘들다는 것을 알게 됐다. 나는 퇴사를 할 수 없다. 하지만, 오늘도 새벽에 일어나 글을 쓴다. 잭팟은 언제 터질지 모르니까.

하늘의 햇살을 보며 생각한다.
퇴사는 언젠가의 꿈이지만,
우리는 이 꿈을 품어야 살아갈 수 있다.

회사원

최근 임상윤 감독의 영화 '회사원'을 봤다. 영화 제목만 보고 '음, 이 영화는 일반 사무직들의 삶의 애환을 그린 영화군'이라고 생각했다면 사실 그 말이 맞다. 대단한 액션이 나올 법한 포스터에 현혹되어 보게 됐지만, 결국 이 영화는 업무에 치여 사는 직장인들의 고달픈 삶을 그린 영화였다. 단지, 영화 회사원의 배경이 되는 회사는 일반적인 회사가 아니라는 것뿐.

영화에 등장하는 회사는 겉보기에는 평범한 금속 제조 회사지만 '살인'을 업으로 삼는 살인 청부 회사다. 즉, 청부살인을 비즈니스 모델로 삼아 살인을 서비스하고 살인의 대가로 받은 사례금을 매출 실적으로 하는 회사인 것이다. 흥미로운 것은 이 영화가 청부 살인 회사의 모습을 우리와 다를 바 없는 평범한 회사의 모습으로 그려낸다는 점이다. 직원들은 피묻은 작업복이 아닌 말끔한 정장 차림으로 출근하고, 어두침침한 밀실이 아닌 서류 더미가 수북이 쌓여 있는 평범한 사무실에서 업무를 본다. 책상에 앉아 서류를 정리하고, 고객에게 발표할 PT를 준비하고, 넥타이를 휘날리며 마치 문서를 작성하듯 사무적으로 살인을 하는 것이다.

회사원은 상당한 혹평을 받은 영화지만 천천히 뜯어보면 나름 괜찮은 구석이 있는 영화라고 생각한다. 회사원의 처지에서 보게 되면 단순한 플롯 속에 드러나는 선명한 메시지가 있기 때문이다. 누아르 장르를 표방한 액션 영화를 지향하는 듯하면서도, 사실 이 영화는 단순 범죄물에서 볼 수 있는 사회적 타락이나 음란을 소재로 다루지 않고, 오직 회사라는 조직 속에서 겪는 직장인의 고뇌만을 담아냈다. 즉, 집안일로 회사 일에 집중하지 못해 제거당하는 부장, 능력이 출중하더라도 회사의 규율을 위반해 해고당하는 모습,

상사의 한마디에 동료를 버려야 하는 상황 등이 등장한다.

영화의 평점은 상당히 낮은 편인데, 관객들의 충분한 공감을 얻기에는 너무 비현실적인 회사의 모습이 큰 작용을 하지 않았나 하는 생각이 든다. 하지만 따지고 보고 영화처럼 비현실적인 곳이 바로 현실적인 회사의 모습이라는 점에서 이 영화는 재평가되어야 한다고 생각한다. 총알이 빗발치지는 않지만 그 못지않게 치열함이 펼쳐지는 사무실, 퇴사하겠다고 직원들을 몰살시키지는 않지만 사직서를 가슴에 품고 다니는 직장인, 회사를 위해 자신의 삶을 내어 버려야 하는 일상 등 현실 회사의 모습을 그대로 담아냈기 때문이다.

이 영화를 보고 나니 퇴사하고 싶다는 생각이 강하게 든다. 아마 주인공인 소지섭이 영화 내내 '그만두겠다고요!'라는 대사를 쉬지 않고 읊조렸기 때문일 것이다. 하지만 내일도 출근해야 할 것이다. 가정을 부양해야 하는 가장의 책임을 지고 말이다. 영화에서처럼 목숨을 건 결심을 하고 총을 들며 출근하진 않겠지만, 내일도 하루를 버티기 위해 단단한 각오가 필요할 것이다.

회사 조직의 불합리함을 보여주는 영화 '회사원'

Part 3

회사원의 삶

1

리더십

경영 도서나 리더십 관련 책을 보면 훌륭한 리더에 대해 공통적으로 말하는 것이 있다. 리더는 명확한 목표와 비전을 제시해야 하고, 먼저 행동하고, 구성원을 신뢰하고 동기를 부여해야 한다는 것이다. 훌륭한 리더는 언행을 일치하며 성숙한 판단력으로 신속한 의사 결정을 통해 조직을 성장으로 이끈다. 물론 이론은 이론일 뿐 현실 속에서 이런 리더십을 가진 사람은 절대 찾아볼 수 없다. 마치 시간 여행이 이론으로만 가능한 것처럼 말이다. 하지만 극히 드물게 우리는 이런 리더십과 맞닥트리게 된다. 지구 저편에 자신과

똑같은 도플갱어를 만날 확률 정도로 말이다. 10년간 직장 생활을 하며 나는 딱 한 번 이런 리더십을 만난 적이 있었고 이를 큰 행운이라 생각한다.

내가 인사팀의 교육 담당자로 외부에서 교육을 진행하고 있을 때다. 당시 18명의 직원이 함께 교육받고 있었다. 오전 교육이 끝나고 점심시간이 되었다. 직원들과 식사를 마치고 교육장으로 들어가는 길이었다. 앞쪽에서 이런 소리가 들려왔다. 'A 부장님이 커피 사주신대' 무슨 영문인지는 모르겠지만 이 말이 마치 릴레이 퀴즈를 진행하듯 앞쪽에서 뒤쪽까지 쭉 전달되었다. 나는 여차하면 바로 교육 운영비로 커피를 살 생각으로 같이 따라갔다. A 부장을 필두로 교육을 받던 모든 직원은 삼삼오오 무리를 지으며 그의 뒤를 따랐다. A 부장은 자신의 뒤에 이런 무리가 뒤따라가는 걸 아는지 모르는지 무심코 스타벅스로 들어갔다. 나머지 직원들도 무언가에 홀린 듯 모두 자연스럽게 스타벅스로 들어갔다. 스타벅스에 들어간 A 부장은 뒤따라온 직원들을 보고 적잖게 당황한 눈치였다. 18명의 인원이 스타벅스를 가득 메우고 있었다. A 부장은 이렇게 말했다. 그는 당황한 기색을 감

추려는 듯 좀 더 큰 소리로 이렇게 말했다. '아, 내가 살게. 와서 다들 주문해.' 뒤에서 이런 소리가 들렸다. '부장님, 그냥 법인카드로 쏘시죠.' 회계팀 직원이었다. 그의 말이 끝나고 몇 초의 시간이 흘렀다. A 부장은 잠시 고민하는 듯하더니 이내 이렇게 말했다. '아냐, 나 원래 이렇게 잘 사줘. 내가 살게.' A 부장은 마치 총알이 빗발치는 전장으로 출전을 결심한 군인처럼 당당하게 지갑에서 개인카드를 꺼냈다.

직원들은 모두 18잔의 음료를 주문했다. A 부장은 강의실에 홀로 남은 강사의 몫도 걱정하며 내게 말했다. '강사님 것도 챙겨드려야지? 강사님께 뭐 드실 건지 연락 한번 해봐.' 나는 속으로 '아니, A 부장이 이렇게 섬세한 사람이었다니' 하고 잠시 놀랐다. 시간이 얼마 흐르자 직원들은 모두 제 손에 원하는 커피를 들게 됐다. 무리 중의 누군가 이렇게 말했다. '부장님, 감사합니다.' 그리고 어디선가 박수 소리가 났다. 우리는 서로 다투어 감사하다는 말과 함께 일제히 기립박수를 쳤다. '그래 이 정도면 박수를 받을 만하다. 아니 받아 마땅하다.'라는 암묵적인 합의가 일어난 듯했다. 이 모습을 본 다른 손님도 함께 박수를 치기 시작했다. 감동적인 순간이었다. 매장 안의 모든 사람이 하나의 마음으로 A 부장을 위해 진심으로 박수를 치고 있는 것이다.

서로에게 무관심하고 제 사리사욕을 채우기 급급한 조직에서 직원들을 위해 자신의 개인카드를 아낌없이 희생한 A 부장의 행동이 다른 회사원들의 마음에까지 큰 울림을 준 듯했다.

나는 그 순간 생각했다. '이것이 진정한 리더십이다.' 리더의 진정한 힘은 군림에서 나오는 것이 아니라 구성원과 함께 고락을 나누기 위해 책임을 보여주고 자기희생적 행동을 통해 나온다. 이런 힘은 조직원들을 움직이고 이들의 정체성이나 가치관에 큰 영향을 주는 것이다. 나는 아직도 직장생활을 하며 이만한 리더십을 본 적이 없다. 그는 조직을 떠났지만, 스타벅스에서 골든벨을 울리던 그 모습이 눈이 선하기 남아 있다.

사내 밴드

　내가 그동안 회사 생활을 하며 가장 잘했다고 생각하는 것은 바로 사내 밴드를 만든 것이다. 악기를 다룰 수 있는 사람을 수소문해서 설득시키고 아무것도 모르는 사람들을 데려다가(일명 유령 회원, 당시 사내 동호회를 만들기 위해서는 일정 수의 인원이 필요했다.) 밴드 동호회에 가입시켰다. 그리고 며칠 후 인사팀으로부터 회사의 공식적인 동호회로 승인 받았다. 잠깐 당시 밴드 동호회 회원들을 소개하자면, 아내에게 프러포즈하기 위해 통기타로 곡 1개를 마스터한 영업팀 대리, 코드는 볼 줄 모르지만 초등학교 시절 체르니 40번까지 연주했던 파견직 사원, 교회에서 어깨너머로 베이스를 배웠다던 전산팀 과장, 그리고 아무것도 모르는 유령 회원 2명이 전부였다. 당시 우리가 했던 일은 정기적으로 회삿돈으로 밥을 먹는 것이었다. 제대로 연주할 수 있는 사람이 없으니 당연한 일이었다.

매월 지원되는 동호회 비용을 모아서 분기마다 고급 호텔 뷔페 또는 3킬로짜리 랍스터 등 정말 비싼 음식을 사 먹었다. 그랬더니 몇 달 뒤 밴드 동호회는 기하급수적으로 성장했다. 밴드 동호회에 들어가면 최고급 호텔 음식을 실컷 먹을 수 있다는 소문이 돈 까닭이다. 내 기억으로 당시 회원은 무려 30명을 넘어섰다. 난 트라이앵글, 난 캐스터네츠, 난 댄스 담당하며 정말 음악과는 무관한 사람들이 몰려들었다. 사람들이 많아지자 자연스럽게 악기 레슨을 하는 시간도 생겼다. 난 매주 수요일마다 회원들에게 기타 레슨을 했다. 그리고 보컬과 드럼 등 실제 악기 연주자들이 입사하면서 제대로 된 밴드의 모양을 갖추게 됐다.

회사에 밴드부가 생겼다는 소식을 들은 대표이사는 나를 불렀다. 회사 워크숍에서 공연해보라는 것이었다. 당시 음주 가무를 좋아했던 대표이사는 사내 밴드의 노래를 듣고 싶어 하는 눈치였다. 하지만 당시에는 정중히 못 하겠다고 했다. 사실 연습다운 연습은 물론 합주 한번 제대로 해보지 못한 마치 장난감 병정 같은 오합지졸 밴드였기 때문이다. 당시 실력이 없어서 못 하겠다는 말이 입에서 떨어지지 않아 나는 '예산이 없어서 힘들 것 같습니다.'라고 대답했다. 공연을 하려면 수백만 원이 들어가는 장비 대여비, 연습비 등이 드는데 예산이 없다고 둘러댄 것이다. 그랬더니 대표이사는 이렇게 말했다. '오늘까지 예산 얼마 드는지 확인해서 보고하도록.'

나는 최대한 예산을 부풀려 작성했다. 식사비, 택시비, 악기 구매비, 연습실 대여비, 장비 대여비 등 모든 항목을 꼼꼼히 작성하고 부담스럽게 부풀려 보고했다. 심지어 장비 대여비에는 무대 조명과 안개 효과 장치까지 들어 있었다. 한번 공연에 이 정도 예산이 소요된다면, 거절하리라 생각했다. 대표이사는 이를 보더니 단번에 'OK, 진행해 보게.'라고 대답했다.

나는 악기 연주가 가능한 사람들을 모여 놓고 이제 우리가 공연을 시작할 때가 됐음을 선포했다. 그리고 다음 날부터 우리는 매주 2회씩 모여 연습을 하기 시작했다. 코드를 모르는 키보디스트는 곡을 연주하기 위해 개인 레슨을 받았다. 나는 집에 가면 아내의 핀잔을 들으면서 온종일 기타를 연습했다. 예산은 남아돌았다. 우리는 연습이 끝나면 먹고 싶은 것, 마시고 싶은 것은 얼마든지 배부르게 사 먹고 택시를 타고 집에 갔다. 물론 비용은 전부 법인카드로 지불했다. 그렇게 우리는 한 달간 연습을 했고 첫 공연은 무사히 마치게 됐다. 물론 엄청난 실수가 난무하는 무대였지만 대표이사는 아주 흡족한 아빠 미소를 지으며 이렇게 말했다. '너희들이 자랑스럽다.' 이를 계기로 내가 퇴사를 하기 전까지 우리는 매년 2회 회삿돈으로 정기 공연을 하게 되었다. (참고로 내가 퇴사한 이후로 연주자가 없어 공연이 사라졌다고 한다.) 지금 생각해 보면 회삿돈으로 배 터지게 먹고, 공짜로 기타 연습도 시켜 주고 이래저래 회사 생활을 버티게 해 준 고마운 기회였다고 생각한다.

최근 월말을 며칠 앞두고 팀장은 부서 예산이 많이 남았으니 회식을 하라고 했다. 50만 원 팀 비가 남았는데 이달

안에 사용 안 하면 없어지는 돈이라는 것이다. 5명의 팀원들은 불과 3일 만에 50만 원을 흥청망청 다 써버렸다. 역시 회사 생활의 묘미는 공짜로 쓰는 법인카드인 것 같다.

싸움

내가 인사팀의 신입 사원으로 입사했을 때 일이다. 당시 나보다 나이가 몇 살 어린 직원이 급여 파트의 파트장을 맡고 있었다. 직급은 주임이었다. 지금 생각해 보면 고작 1, 2년 정도 직장생활을 더 했을 뿐이지만 워낙 이직률이 높았던 회사라 한 파트의 리더를 맡고 있었던 것이다. 이 K 주임은 모든 팀원들이 기피하는 대상이었다. 나이도 어리면서 마치 자신이 부장 정도의 권력이라도 가진 것처럼 거들먹거리고 마치 하인 부리듯 업무를 시키고 히스테리 발작이라도 하는 듯 항상 고함을 질러댔기 때문이다. 부서에서는 이런 그를 높게 평가하고 있는 듯했다. 아마 그의 꼰대 같은 행동들이 윗사람들에게는 '역시, 우리 부서에 있으려면 그 정도는 해야지. 허허'하는 식으로 비쳤던 것이다. 원래 그런 성격인지, 아니면 조직이나 자신이 맡은 직책이 그렇게 만들어 버린 것인지는 모르겠지만, 누가 봐도 한 대 때려 주고 싶은 얄미운 존재였다. 그런데 얼마 후 실제로 그를 때려 버린 사내가 등장했다. 바로 A 사원이었다.

A 사원은 K 주임의 파트원이었다. 사원 A는 기골이 장대하고 성격이 불같아 작은 일이라도 화를 못 참는 성격이었다. 조금이라도 마음에 들지 않으면 누가 보든 말든 혼잣말로 구수한 쌍욕을 날리며 일을 했다. 그런 A 사원이 자신의 파트장인 K 주임을 곱게 볼 리가 없었다. 나이도 어린 데다 사사건건 시비를 걸고 소리를 지르니 A 사원은 그를 보면 '아오, 언젠가 한 번 진짜 패버린다.'라는 말을 뒤에서 수도 없이 했다.

그러던 어느 점심시간이었다. 부서 안에 팀장과 선임들은 식사하러 자리를 비웠다. 나를 비롯한 일부 직원들이 잔업을 처리하러 자리에 남아 있었다. K 주임과 A 사원이 다투는 소리가 들렸다. K 주임이 무언가를 A 사원에게 지시하거나 사소한 것으로 시비를 거는 듯했다. A 사원은 큰소리로 '야, X발, 못 해 먹겠네.'라며 소리쳤다. K 주임은 A 사원이 대들자 적잖아 당황한 눈치였다. 그래도 자신의 체면이 있는지라 '이게 어디서….'라고 응수했는데 말이 끝나기 무섭게 A 사원의 주먹이 K 주임의 안면을 그대로 강타했다. 번개보다 빠르고, 콘크리트보다 단단한 훌륭한 주먹이었다. 마치 대리석 석판을 후려쳐 박살 내버릴 것 같은 단련에 단련을 거듭한 그런 주먹이었다. K 주임은 보기 좋게 나가떨어졌다. 그리고 A 사원은 마치 학원 폭력물 만화나 영화에 나올 듯한 한마디의 대사를 날렸다. '야, 따라와.' K 주임은 A 사원에게 끌려갔다. 그 뒤로는 어떻게 됐는지 모른다. 사태의 심각성을 인지한 직원들이 A 사원을 말리려 따라 나갔다.

몇 주 뒤 K 주임은 자발적으로 퇴사했다. 이직한다는 것이 이유였지만, K 주임의 사정을 알고 있는 직원들은 '그럴 만도 하다'라는 눈치였다. 이런 내막을 알고 있었는지, 누군가 귀띔을 해줬는지 몇 달 뒤 A 사원은 베트남으로 인사발령을 받았다. 이렇게 둘은 조직에서 조용히 사라졌다. 모든 것을 다 가진 것처럼 호통을 치던 K 주임도, 항상 화가 난 상태로 일을 하던 A 사원도 다음날 출근해 보니 모두 사라진 것이다. 회사 생활이라는 것이 다 그렇다. 직급이나 직책 때문에 자신이 대단하다는 착각에 빠지지만, 결국 그 또한 한낮 일 개의 조직의 고용원일 뿐이고, 언제 사라져도 이상할 게 전혀 없는 것이다. 회사는 아무 일도 없었다는 듯 오늘도 조용히 잘 돌아가고 있다.

워크숍

미국의 글로벌 화학기업 듀폰과 리테일 공룡으로 불리는 월마트는 기업의 각 부문에 직면한 리스크를 파악하기 위해 정기적인 워크숍을 개최한다. 전자제품 제조기업 델은 워크숍을 통해 임직원들에게 위기관리 노하우를 전하는 코칭을 실시한다. P&G는 아이디어 구현 워크숍을 통해 연구원들과 제품 개발자들이 창의적인 환경에서 업무를 수행할 수 있게 지원하고 있다.

나 또한 조직문화 담당자로 전사 워크숍을 기획하고 진행한 적이 있다. 물론 위에 언급된 글로벌 기업들의 워크숍과는 거리가 좀 있다. 회사의 비전과 전략 공유, 신동력 산업 육성에 관한 토론 등이 진행되는 워크숍은 아니다. 어려운 말로 팀 빌딩과 조직 활성화 프로그램, 쉬운 말로 '가족 오락관' 프로그램을 진행했다. 한 마디로 회삿돈으로 좀 재밌게 놀다 먹고 오는 프로그램을 말하는 것이다. 끝말잇기, 스피드 퀴즈, 초성 맞추기, 신문에 많이 올라가기 같은 게임을 기획했다. 워크숍 시기가 다가오면 나는 새로운 게임을 연구하거나, 밤늦게까지 재미있는 퀴즈를 고민하며 야근을 했다. 예를 들면 '아마존에 사는 사람은? 정답 : 아마 존?', '세상에서 가장 가난한 왕은? 정답 : 최저임금' 같은 식의 문제다.

한번은 워크숍 시기와 아내의 둘째 출산 시기가 겹쳤다. 예정일은 워크숍 일자를 며칠 앞둔 날이었다. 나는 밤새 퀴즈를 만들고, 프로그램을 만들고, 우승 상품에 관해 고민했다. 그리고 워크숍 하루 전 둘째가 태어났다. 상식적인 직장인이라면 배우자 출산 휴가를 내고 아내 곁에서 아기를 보며 행복한 시간을 보내야겠지만, 나는 그렇지 못했다. 상사는 '너, 아니면 운영할 사람이 없어서 미안하지만 부탁하네⋯.'라고 했다. 나는 어쩔 수 없이 1박 2일 워크숍을 진행했고, 직원들의 좋은 호응을 받으며 잘 마무리됐다. 워크숍 마지막 날에는 회사를 위해 가족을 희생했다는 의미로 모든 직원에게 박수를 받았고 그해 인사고과는 최고등급을 받았다. 그럼 이것으로 끝났는가? 그렇지 않다. 나는 그때 모르고 있었다. 이것이 인생에서 가장 큰 걸림돌이 될지는.

우리는 순간의 판단 실수로 자신의 인생을 망치거나, 역사를 바꿔 버린 사례를 흔히 접한다. 웨슬리 스나입스는 한순간의 잘못된 판단으로 탈세를 해 징역을 살았고, 모리 요시로 전 총리의 장남이자 이시카와현 의회 의원을 지낸 모리 유우키는 단 한 번의 음주 운전으로 지방의원직을 잃었다. 신기한 것은 이런 이야기를 들으면 '허, 나도 조심해야겠군.'이라는 생각이 들다가도 이내 어항 속의 금붕어처럼 그 교훈을 망각하게 된다는 것이다. 인생의 교훈은 겪어 보지 않으면 그 중요성을 인지하는 게 어렵다. 아내는 사소한 다툼이라도 할 때면 항상 '둘째 낳을 때 너는 자리에 없었다.'를 하소연하며 원망했다. 벌써 5년째 같은 말을 듣고 있다. 아내는 평생을 말할 거라고 했다.

할 말이 없었다. 나는 워크숍이 아닌 병원에 있어야 했다.

회사에 의한 강압적인 결정이었더라도 의지만 있다면 반드시 피해 갈 길이 있었을 것이다. 지금은 더 이상 워크숍을 기획하지 않는다. 이직했기 때문이다. 내가 한 가지 배운 교훈이 있다면 이것이다.

'삶에서 스쳐 지나갈 회사 업무에 큰 의미를 담아 두지 말 것.'

즐거운 워크숍 프로그램

유학

회사를 가기 싫어 내가 결정한 것은 다름 아닌 유학이었다. 회사 생활 4년 차에 접어들을 무렵이었다. 더 이상 회사 생활에 있어 아무런 의미를 찾지 못했다. 아무리 의미를 부여해 보려고 노력해도 회사의 부품이라는 생각밖에 들지 않았다. 회사에서 자아실현을 하거나 대단한 성취를 이룰 생각은 추호도 없었다. 원체 조직 생활에 부담이 있다 보니 적당히 일하고 적당히 벌고 하고 싶은 것하고 살자는 생각으로 회사에 다녔지만, 시간이 흐르고 연차가 차면서 이 '적당히'라는 것이 잘되지 않았다. 모든 시간과 노력을 쏟아부어야 간신히 진행할 수 있는 업무들이 늘어 났고, 업무라는 굴레에 묶여 조금의 여유도 누릴 수 없는 일상은 삶을 서서히 잠식시켰다.

주말이 되면 군대에서 휴가 받은 이등병의 마음으로 지내다가 다시 군대에 입소하는 마음으로 출근을 하게 된다. 나는 이런 답답한 생활에 종지부를 찍을 방법을 모색하다 결국 유학이라는 결론을 내렸다. 유학하러 간다면 회사나 집에 떳떳하고도 자신 있게 '음, 나 유학 가기로 결정해서 회사 그만두기로 했어.'라고 말할 수 있을 것 같았다. 유교 문화가 뿌리 깊은 우리나라에서 공부 때문에 퇴사했다고 말하면 부정적으로 바라볼 사람도 많지 않으리라 생각했다.

나는 유학을 결정하고 생각했다. '일반 학교는 안된다. 적어도 해외 탑 스쿨에 합격해야 그나마 명분이 설 것이다.' 나는 이날부로 내가 흥미 있는 분야의 탑 스쿨을 찾았고, 본격적인 입시 준비를 했다. 미국 대학원 시험인 GRE를 공부했고, 추천서를 받기 위해 여기저기 뛰어다녔다. 퇴근하면 밤새가며 SOP(Statement of Purpose, 학업계획서)를 작성했다. 그러기를 6개월. 교육학 분야에서 명문으로 알려진 컬럼비아 대학교 교육대학원에 합격했다. 가족들과 지인들은 아이비리그 입성을 축하해주었다. 나는 입학의 기쁨보다는 퇴사의 기쁨이 더욱 컸다. 이제 공식적으로 퇴사 의사를 밝히고 유학을 떠나면 되는 것이다.

하지만 나는 아직 회사에 다니고 있다. 그렇다. 유학을 떠나지 못했다. 돈이 없었다. 뉴욕에 있는 컬럼비아 대학교에 다니기 위해서는 1년에 1억이라는 돈이 필요했다. 나이 많은 학생에게 학자금을 대출해줄 은행은 한 곳도 없었다. 나는 새벽에 교회에 나가 한 달간 기도했다. 재발 유학 가서 회사를 탈출할 수 있게 해 달라고. 그러던 어느 날 학교에서 매일 한 통이 왔다. 컬럼비아 대학교 동문회에서 보낸 메일이었다. 학교 총장이 서울을 방문한다는 것이다. 나는 기회라고 생각했다. 나는 손글씨로 장문의 편지를 썼다. 내용은 대략 이랬다. '나는 공부를 하고 싶은 학생이다. 그런데 형편이 되지 못한다. 아버지는 병에 걸리셨고(사실 이건 거짓말이다.), 아이들은 아직 어리고 양육비가 필요하다. 학교가 무엇인가? 이런 가난한 학생들을 위해 교육의 기회를 제공하고, 이들이 교육자가 될 수 있도록 도와주는 것이 학교의 진정한 역할이 아니겠는가? 공부를 할 수 있게 도와달라' 나는 이 편지를 작은 선물과 함께 총장에게 전달했다. 총장은 이런 상황을 아는지 모르는지 나를 보며 악수를 청하더니 고맙다고 했다.

그리고 그렇게 시간이 흘렀다. 아마 두 달 정도 시간이 흐른 것 같다. 학교에서 메일이 왔다. 이메일의 발신자는 자신이 교육대학원 학장이라고 소개하며 긴 말문을 열었다. 나는 천천히 메일을 읽었다. 총장이 서울을 방문했을 때 너의 편지와 선물에 감동했다. 학교도 너 같은 사람을 도와주어야 한다고 생각한다. 그리고 학교는 최선을 다해 학생들이 학업에 집중할 수 있도록 도움을 주고 있다. 여기서 문단이 끝나고 새로운 문장이 시작했다. 그 문장은 이렇게 시작했다. "Unfortunately(불행하게도)," 다음 문장은 이랬다. "학교가 돈이 없으니 학비 지원은 힘들고 그 밖에 필요한 것을 지원하는 방안을 고민해 보겠다." 나는 좌절하고 말았다. 알고 보니 학장이 서울에 온 것은 동문회를 통해 학교 발전 기금을 모금하고자 함이었다. 이렇게 나의 유학의 꿈은 최종 반려당하고 만 것이다.

나는 아무 일 없었다는 듯 다시 자리에 앉아 컴퓨터를 켜고 업무를 시작했다. 이 모든 것이 불과 6개월 만에 일어난 일이었다. 난 아직 회사에 다니고 있다. 이제 유학은 포기했다. 하지만 난 유학 준비를 했던 시간들을 후회하지 않는다. 적어도 합격했던 1개월 동안은 유학을 꿈꾸며 모든 회사 업무를 감당할 만한 큰 힘을 얻었으니까.

작은 희망과 꿈이 때로는 삶을 살아가는 동력이 된다.

이 또한 지나가리라

나는 16개국 해외 법인의 현지 우수 사원들을 관리하는 담당자였다. 나는 해외 우수 인력들의 집중 관리와 동기 부여 차원에서 프로그램을 기획하고 진행했는데, 그중 하나가 한국 연수 프로그램이었다. 법인별 최우수 인력들을 선발해 한국으로 초청하고 2주간의 연수를 진행하는 것이 프로그램의 골자였다. 당시 나는 모든 프로그램 기획과 운영을 동시에 진행했으므로 1년에 최소 8개국에서 연수팀을 받아 이들과 동고동락하며 프로그램을 인솔했다.

당시 내가 근무했던 회사는 자동차 부품을 생산하는 제조

업체였다. 제조업체 특성상 해외 법인을 설립하기 위해 고려하는 최우선 조건 중 하나는 바로 저렴한 인건비다. 따라서 회사의 해외 법인은 인건비가 저렴한 개발도상국 또는 고객사의 생산 공장이 있는 국가에 위치하고 있었다. 그리고 그중 한 개발도상 국가의 연수 인솔 경험은 나의 회사 생활 전체를 통틀어 가장 당황스러웠던 순간이었다. 아마 그런 순간은 이전에도 없었고, 앞으로도 없을 것이다.

나를 곤경에 빠지게 했던 이 국가는 동남아시아 인도차이나반도 동부에 위치한 공산주의 국가이자 쌀국수로 유명하고, 커피가 맛있으며 국제 전화 코드 84를 사용하는 국가, 바로 베트남이었다. 나는 베트남 법인의 우수 사원 연수 일정이 확정되자 선발된 우수 사원들의 이력을 파악하고, 이들의 상황에 맞게 다양한 연수 프로그램을 준비했다. 당시 나는 이미 3년에 걸쳐 12개국의 연수를 성공적으로 마친 베테랑 인솔자였으므로 모든 상황을 대비해 철저히 연수를 준비했다. 프로그램 기획에 쏟아부은 시간만 2개월. 이들의 숙소, 방문 장소, 본사 임원진 면담과 사장과의 저녁 만찬까지 모든 준비가 완벽했다.

그리고 연수생 입국 당일, 나는 웰컴 보드를 들고 공항 입국장에서 기다리고 있었다. 비행기는 30분 연착됐다. 나는 연수생이 도착하기 전 모든 확인 사항을 동료 직원과 다시 한번 꼼꼼히 체크하고 있었다. 그때 웬 아저씨가 능청스레 말을 걸었다. 머리숱이 적고 왜소한 체격의 중년 남성이었다. '아, 회사에서 나오셨구나. 외국 손님들이 오시나 봐요. 허허' 그는 내가 들고 있는 웰컴 보드를 유심히 들여다본 듯했다. 나는 무심결에 회사의 연수생들을 기다린다고 대답했다. 그 아저씨도 연착된 비행기의 일행을 기다리고 있는 듯했다. '어느 나라 사람들이요? 베트남이요? 아, 베트남 좋지요. 허허' 그는 귀찮을 정도로 이런저런 얘기를 들여놨다. 잘 기억나지 않지만, 베트남의 관광지 이야기, 경제 이야기 같은 것들이었다. 나는 곧 연수생들이 도착하니 대기해야 한다고 둘러대고 자리를 피했다.

잠시 후 입국장의 문이 열리고 연수생 5명이 들어왔다. 나는 베테랑 인솔자답게 그 자리에서 바로 이름을 확인하고 명찰을 전달하며 간단한 오리엔테이션을 진행했다. 그리고 인천에서 숙소까지는 약 2시간 정도의 이동 시간이 있으니 화장실 갈 사람은 다녀오라고 안내했다. 연수생들은 회장실로 황급히 뛰어갔다. 어지간히 급한 모양이었다. 연수생들이 화장실을 간 틈에 회사에 연수생들이 잘 도착했으며 이제 곧 숙소로 이동 예정이라고 보고했다. 전화 보고를 마치고 나서도 나는 한동안 알지 못했다. 엄청난 사건이 다가오리라는 것을.

시간이 한참 지나도 연수생 2명이 보이지 않았다. 나머지 3명에게 물어봐도 모른다는 답변뿐이었다. 그렇게 30분이 흐른 뒤 나는 뭔가 문제가 생겼다는 것을 알아챘다. 연수생 2명이 도망간 것이었다. 나는 이미 사전 조사를 통해 한국에 베트남 불법 체류자가 많다는 것을 알고 있었다. 한두 달 한국 공장에서 일하면 그 수익이 1년간 베트남에서 버는 것과 맞먹는다는 이야기를 들었다. 하지만 나는 '이들의 입장에서 보면 나름 잘 나가는 외국계 회사의 우수 사원으로 선발된 인력들인데, 설마 도망이라도 가겠어.' 하는 마음이 컸다. 문득 머릿속을 스쳐 지나가는 것이 좀 전에 이야기를 나눴던 그 중년 아저씨였다. 순간 그 사람이 바로 브로커였음을 직감했다. 식은땀이 흘렀다. 나는 바로 경찰서에 신고하고 법인과 회사에 상황을 보고했다. 회사는 뒤집어졌다. 회사는 일단 남은 인력들의 연수를 진행하는 것으로 결정했다. 이 3명을 감시하기 위해 회사는 추가 관리 인력을 연수팀에 배치했고, 연수팀은 '24시간 일대일 마크'라는 지시 속에 불침번까지 서야 했다. 연수가 어떻게 끝났는지 기억나지 않는다. 아마 사장과의 식사 자리가 취소되었고, 인파가 많은 장소를 피해 일부 프로그램을 조정했던 것 같다.

한 가지 또렷이 기억나는 것은 이들이 도망가지 못하게 항상 화장실 문 앞에서 대기하고 있었다는 것이다. 도망간 것은 연수생이지만, 정말로 도망가고 싶은 것은 나였다. 연수 담당자로서의 책임이 있었기 때문이다. 오만 가지 생각이 다 들었다. '이 또한 지나가리라'라는 솔로몬의 명언이 생각났다. 나는 순간 모든 것을 내려놓기 시작했다. 살다 보면 이런 일, 저런 일도 있을 수 있지 않은가? 회사 생활 또한 인생의 순간을 지나는 일부이거늘 무엇을 이리 고민해야 하는가. 결과적으로 회사의 징계는 없었다. 어쩔 수 없는 상황이었음을 인지한 회사의 판단이었다. 나는 회사 일을 하며 어려운 순간을 접하면 늘 이 베트남 연수생 사건을 떠올리며 이렇게 생각한다.

　'이 또한 지나가리라'

— ⑦ —
최고가 되어 떠나라

배달 앱 배달의 민족을 운영하는 우아한 형제들의 김봉진 대표는 이런 말을 했다. "평생직장은 없다. 최고가 되어 떠나라." 나는 인사팀에서 근무했으므로 수많은 직원이 퇴사하겠다고 찾아오는 것을 봐왔다. 평소에 조용하거나 잘 지내던 사람이 '오랜만에 식사나 할까'하고 갑자기 사내 메신저로 연락이 와서 나가 보면 영락없이 퇴사하겠다는 것이었다. 그럴 때면 나는 항상 김봉진 대표의 말을 떠올리며 이렇게 말했다. '잘 선택하셨어요. 떠나세요. 평생직장은 없으니까'

많은 직원이 이런 말을 들으면 '아니, 인사팀 직원이 회사를 나가라고 하다니' 하며 의아해한다. 하지만, 이미 식사하자며 찾아온 사람들은 마음의 결정을 내리고 온 사람들이다. '나, 퇴사하려는데 내가 선택 잘한 거 맞지?'라는 식의 확인을 받고자 하는 것이다. 사실 나가겠다고 하는 사람들을 붙잡고 싶은 마음은 전혀 없다. 나도 나가고 싶으니까. 어차피 또 다른 조직에 가도 회사원의 굴레를 벗어날 수 없다. 다만 일정 기간의 기분 전환이 필요할 뿐. 사실 직원들이 나간다고 해도 회사는 큰 관심이 없다. 볼트가 하나 빠지면 새것으로 갈아 끼우고 다시 기계를 돌리면 그만이다.

회사원이란 존재가 그렇다. 더 좋은 조직을 찾아 이리저리 헤매지만 결국 비슷한 조직에서 비슷한 사람들과 비슷한 경험을 하다가 때가 되면 회사를 나오는 것이다. 중요한 것은 조직에 몸담고 있을 때 무엇을 배우고 나올 것인가이다. 누구나 시간이 흐르면 조직을 떠나 홀로서기를 해야 할 때가 찾아온다. 주변에 아무도 없을 때 나 혼자 무엇을 할 수 있는가에 대한 고민이 필요한 것이다. 회사란 결국 혼자 일어설 가능성을 시도하고 연습해 보는 훈련장이라고 생각한다. 프로젝트를 말아먹든, 마케팅에 실패하든 어차피 다 회샷돈 아닌가. 진짜 인생은 퇴사하는 순간 시작한다. 조직에서 최고가 되어 떠날 준비를 해야 하는 까닭이다.

낮잠

'내 활력의 근원은 낮잠이다. 낮잠을 자지 않는 사람은 뭔가 부자연스러운 삶을 살고 있는 것이다.' 윈스턴 처칠의 말이다. 그는 제2차 세계 대전을 승리로 이끌었던 원동력이 낮잠이라고 했다. 그는 독일이 런던을 폭격할 당시에도 방공호에서 낮잠을 잤다고 한다. 비단 처칠 그뿐만 아니다. 위대한 업적을 남긴 많은 위인은 모두 낮잠을 즐겼다. 피카소는 침대 옆에 양철판을 놓은 채 붓을 손에 들고 낮잠을 잤고, 앙드레 지드는 매일 두 시간씩 낮잠을 자며 '좁은 문'을 완성시켰으며, 나폴레옹은 낮잠을 통해 세계를 정복했다.

나 또한 낮잠을 즐긴다. 거의 시도 때도 없이 낮잠을 잔다. 아이들과 놀이터에 나가도 졸리면 벤치에 누워 잠을 자고, TV를 보다가도 잠이 들며, 물론 회사 일을 하다가도 잠에 빠진다. 특히 회사에 가면 유독 졸린 경우가 많다. 아침에 출근하면 피곤하고 점심을 먹고 나면 피곤하고 때로는 그냥 이유 없이 피곤하다. 나는 그저 자고 싶은 마음에 회사 생활을 하며 다양한 방식으로 낮잠을 즐겼는데, 회사에서 잠을 자고 싶은 독자들을 위해 잠시 내가 사용한 방법을 공유하고자 한다.

먼저 가장 기초 단계로 회장실에 들어가 자는 방법이다. 이는 내가 입사 1년 차에 주로 사용했던 방법이다. 입사 초기에는 업무 파악하느라 잔뜩 긴장한 탓에 항상 피곤하고 졸렸다. 신입 시절에는 사무실에서 대 놓고 잘 장소가 없다는 것이 문제다. 점심시간에 자려고 해도 선배들이나 상사의 눈치가 보인다. 군기 빠진 신입이라는 말을 들을 수 없으니 사무실에서 자는 것은 상상도 못 할 일이다. 따라서 신입 때는 주로 화장실을 이용하게 된다. 업무 중 시시때때로 화장실에 가서 변기 뚜껑을 내려놓고 10분 정도 잠을 잤다. 물론 냄새가 난다는 것은 가장 큰 단점.

두 번째 방법은 빈 회의실에 들어가 잠을 자는 방법이다. 이것은 보통 점심시간에 사용하는 방법이다. 누구나 한 번쯤 이용했을 법한 방법이다. 물론 신입 사원들은 쉽지 않다. 보통 회사가 어느 정도 익숙해진 2, 3년 차부터 시작하는 방법이다. 의자에서는 자지 않는다. 허리가 아프고 자는 모습을 통해 상사에게 밉보일 수 있다. 빈 사무실에서 자는 가장 좋은 방법은 바닥에서 자는 것이다. 바닥 낮잠의 가장 큰 단점은 겨울에 엄청 춥다는 것이다. 바닥에서 올라오는 한기를 막기 위해 여름에는 회사 옷이라던가 담요 같은 것을 바닥에 깔고, 겨울에는 두꺼운 박스를 펼치고 그 위에서 자는 것을 추천한다. 참고로 두꺼운 박스는 청소 아주머니에게 부탁하거나 회사 분리수거 장소에서 손쉽게 구할 수 있다. 바닥 낮잠은 보통 빠르게 점심을 먹고 30분 이상 낮잠이 가능한 조건에서 효율적이다. 가끔 통화하러 회의실에 들어온 직원들이 놀랄 수 있으니 주의가 필요하다.

세 번째 방법은 별도의 비밀 공간을 확보하는 것이다. 이는 4년 차 이상부터 사용한 방법이다. 회사 안을 찾아보면 의외로 낮잠을 잘 수 있는 비밀 공간이 꽤 많다. 예를 들면 문서 보관실이라던가, 전산실 서버룸, 또는 비품 저장 창고, 또는 교육장 등이 있다. 나 같은 경우는 교육장 창고를 내 전용 방으로 만들었다. 사실 이는 내가 교육 담당자였기에 가능한 일이었으니 참고만 하기 바란다. 처음에는 교육장에 들어가 책상을 붙여서 침대처럼 만들고 잤는데, 내가 편하게 낮잠을 자는 모습을 본 직원들이 서로 교육장에서 잠을 자게 해달라고 찾아왔다. 나는 교육장은 직원들에게 내어주고 또 다른 장소를 찾게 됐는데, 바로 교육 기자재 보관하는 교육장 창고였다. 약 2평 정도의 크기로 혼자 낮잠을 즐기기에는 최고의 장소였다. 나는 추운 겨울을 나기 위해 침낭 2개와 넉넉한 양의 판자를 준비했다. 가장 큰 단점은 교육 진행 시에는 이용할 수 없다는 것.

　마지막 방법은, 휴게실을 이용하는 방법이다. 이는 내가 현재 이용하는 방법으로 그냥 아무 때나 졸리면 들어가서 눈 붙이고 자는 방법이다. 눈치 보지 않고 맘 놓고 잘 수 있지만, 최대 단점은 전용 휴게실을 보유한 회사가 많지 않다는 것. 기타 방법으로 회사 법인차량에 들어가 몰래 자기, 외근 시 카페에 들어가 자기, 볼펜을 쥐고 살짝 고개를 숙여 메모하는 척하고 자기 등이 있으니 연차와 취향에 맞게 즐거운 낮잠을 즐기길 바란다.

낮잠은 회사 생활에 활력을 준다.
낮잠을 자기 위한 저마다의 방법을 모색해 보자.

전투복

10년간의 직장생활 중 내가 정장을 입고 회사에 다닌 건 첫 번째 회사에서의 3년이 전부다. 그 이후로는 모두 캐주얼 차림이었다. 말이 좋아 캐주얼이지 정말 아무 옷이나 막 입고 다녔다. (예를 들면 운동복 바지에 슬리퍼 차림처럼 마치 집 앞에 우유 사러 나가는 복장들) 이런 옷차림이 습관이 되면, 정장은 마치 가끔 생각이나 동네 일식집에 가서 장어 덮밥을 찾아 먹을 정도의 빈도로만 입게 된다. 예를 들면 한 해에 한 두 번 집안 경조사가 있거나, 회사 몰래 면접 보러 갈 때 정도만 입게 되는 것이다.

이제까지 직장인들은 정장을 입고 자신이 회사원이라는 정체성을 드러내고 다녔다면, 이제는 일반 기업에서도 캐주얼 차림으로 다니는 것을 흔히 볼 수 있다. 자유로운 복장 속에 생산성이 올라가고 창의력이 증진된다는 것이 이유로 캐주얼 차림을 조직 차원에서 장려하게 된 것이다.

회사원들의 복장을 보면 이들의 복장이 마치 군인들의 전투복의 발전사와 비슷하다는 생각이 든다. 제복으로서의 군복이 등장한 18세기에는 전투복이 굉장히 화려했다. 귀족들이 입던 프록코트를 변형하고 빨간색 파란색, 황금색 등 화려한 색상을 추가했다. 이는 겉으로 보이는 멋짐을 통해 서민들의 입영을 장려하고 강한 색상을 사용해 멀리서도 피아 식별을 용이하게 하기 위함이었다. 하지만, 시대가 흐르고 화기가 근대화되면서 눈에 띄는 옷을 입고 적진에 뛰어들었다가는 사망하기 딱 좋은 표적지가 될 가능성이 커졌다. 전투복은 시간이 흐르면서 자연스럽게 진화해 왔다. 주변 환경과 비슷한 색상을 띠게 됐고, 화려한 디자인보다는 기능성을 강조하게 된 것이다. 마치 캐주얼 차림으로 출퇴근을 하게 되면서 자연스럽게 일반인들 사이에 섞여 버린 회사원의 옷차림과 흡사하게 변해버린 것이다.

화제를 잠깐 돌려 인도 출장 때의 일을 이야기하고자 한다. 단발성으로 끝날 것 같던 프로젝트가 장기화되면서 인도에서 두 달 정도 근무를 하게 됐다. 인도 시장과 고객사의 경영 상황을 분석하고 미흡한 항목에 대한 솔루션을 제안해 이를 비즈니스로 수주해 오는 것이 임무였다. 척박한 인도 생활을 묵묵히 견디며 두 달 간 고생 끝에 드디어 누가 봐도 아주 매력적인 제안서가 완성됐다. (참고로 나는 이 기간에 2회의 장염을 앓았고, 인도 현지 병원에 실려 가기도 했다.) 제안서 발표 당일 나는 만반의 준비를 하고 PT룸으로 향했다. 그때였다. 팀장이 이런 말을 했다.

"너, 정장 재킷 안 가져왔어?" 나는 순간 당황했다. 발표 당일, 그것도 출장 기간이 한참 지난 시점, 귀국을 하루 남겨둔 상황에서 정장 상위를 안 가져온 것을 깨닫게 된 것이다. (참고로 나는 당시 운동화에 정장 하의와 검정 라운드 티를 입고 있었다.) 나는 식은땀을 흘리며 이렇게 대답했다.

"아, 네 깜빡해서" 이 말 말밖에 할 말이 없었다.

"아니, 전장에 나가는데 전투복을 안 가져왔다고?, 사무실

올라가서 다른 직원에게 빌려와!" 그는 마치 위급 상황을 통제하려는 특수 부대의 현장 지휘관처럼 다급한 목소리로 말했다.

여우 곡절 끝에 정장 상위를 빌려 입고 적들이 포진하고 있는 PT룸으로 들어갔다. 고객사의 현지 법인장과 담당 임원, 주재원들이 PT룸을 둘러싸고 있었다. 묘한 긴장감이 나돌았다. 이 자리에서 우리는 현지 고객사의 문제점을 낱낱이 파헤치고, 이에 따른 대안을 제시해야 한다. 이들은 자신들을 방어하기 위해 발표 자료에 관한 질문 공세를 퍼부을 것이다. 나는 단단히 각오하고 자리에 앉았다. 그때 법인장이 말문을 열었다. "아, 요즘 젊은 사람들은 옷을 그렇게 입나 봐. 나도 재킷 안에 라운드 티셔츠를 입으면 괜찮을 것 같은데. 안 그런가? 김 상무? 허허허." PT는 때아닌 복장 칭찬을 받고 시작했다. 결과적으로 발표는 무사히 마무리되었다. 팀장은 발표가 끝나고 이렇게 말했다. "복장 지적을 했는데, 복장 칭찬을 받았네. 아무튼, 수고했어."

최근 예비군복을 처분했다. 더 이상 예비군이 아닐뿐더러, 민방위에서 마저 편성이 제외되면서 국방의 의무를 완전히 완료해 버렸기 때문이다. 자랑은 아니지만, 이제 전쟁이 발발해도 징집되지 않는 나이가 되어버린 것이다. 이제 더 이상 전투복을 입을 일도 없고, 전쟁에 참여할 일은 더욱 없겠지만, 나의 전투는 계속되고 있다. 회사라는 전장에서 또 다른 전투복을 입은 체 말이다.

회사원의 전투복은 잘 다려진 정장 한 벌이다.

훌륭한 파견직

최근 굉장히 훌륭한 파견직 직원을 만났다. 그녀를 볼 때마다 '음, 내가 이렇게 회사를 설렁설렁 다녀도 되는 건가'하는 반성이 들 정도로 훌륭한 직원이었다. 그녀는 평소에 거의 말이 없다. 밥도 혼자 먹고, 혼자 묵묵히 일하다 남들보다 조금 늦은 시간에 퇴근한다. 남들의 시선에 항상 멀리 떨어져 있어 눈에 잘 띄지 않는 그런 직원이었다. 마치 숲속의 작은 고양이처럼 그녀도 자신의 존재를 드러내고 싶지 않은 듯했다.

그녀의 업무는 따져보면 그다지 복잡성이 요구되는 업무

는 아니다. 하지만, 그녀의 존재는 모든 부서의 팀원들을 편하게 해주는 힘이 있었다. 실제로 그랬다. 그녀의 업무는 모든 팀의 온갖 자질구레한 잡무를 처리하는 것이었다. 예를 들면 팀장들이 법인카드로 결제한 비용을 전표 처리해준다던가, 각 팀의 예산 관리를 해준다던가, 사무 용품을 구입한다던가 하는 일이다. 우리 회사의 모든 팀에는 총무를 담당하는 인원이 있다. 그들은 팀의 예산을 관리하고 계획하며, 필요한 사무용품을 구매한다. 그녀는 이 모든 팀의 총무들과 협업해 본부 전체의 살림살이를 관리하는 총무들의 총무였던 셈이다.

내가 그녀와 특별한 연이 있는 것은 아니었다. 단지 한번 식사를 같이했고 몇 마디 나눠본 게 전부다. 그녀와 식사를 하게 된 것도 순순히 그녀의 호의 덕분이었다. 내가 회사 입사 첫날 공교롭게 모든 팀원이 출장 중이었고 우두커니 책상에 앉아 있던 나를 불러 식당으로 안내해줬다. 아직 사원증이 없어 식사 결재가 어렵다는 것을 파악한 그녀는 밥값도 대신 내줬다. 당시 무슨 말을 했는지 잘 기억나지 않는다. 형식적이면서도 사무적인 회사에 대한 뭔가를 이야기했던 것 같다. 이후 나는 우리 팀의 총무가 되었다. 그녀와는 한 달에 한 번 정도 예산 마감을 위해 이메일이나 메신저로 간단한 업무 얘기를 하게 되었다.

그러던 어느 날 그녀는 떠난다고 했다. 파견 만료일이 다가왔기 때문이었다. 모든 팀의 총무들에게 단체 메일을 보내며 중요 업무에 관해 인수인계를 해준다고 했다. 그녀는 자신이 없어도 총무들이 업무를 충분히 수행할 수 있도록 1:1 튜터링을 해줬다. 나도 총무업무에 관한 그녀의 강의를 열심히 들었다. 그리고 며칠 뒤 첨부 파일과 함께 그동안 감사했다는 인사 메일을 받았다. 그녀가 보낸 것이다. 옆에서 보니 물티슈로 자신의 책상과 의자를 닦고 있었다. 마치 자신의 모든 흔적을 지우려는 듯 깨끗하게 닦고 있었다. 그렇게 그녀는 떠났다.

한 달 뒤 당연하다는 듯이 예산 마감 공지 메일이 날아왔다. 평소 같았으면 아무런 신경도 쓰지 않을 일이지만 그녀의 자리가 공백으로 남아 있는 한 그 몫은 순전히 팀 총무의 일이었다. 예산 작업을 위해 파일을 열었는데 분명히 잘 배워뒀다고 생각한 부분들이 전혀 기억나지 않았다. 나는 혹

시나 해서 그녀가 남기고 간 첨부 파일을 열어 보았다. 아니나 다를까, 그 파일은 그녀가 작성한 총무업무 매뉴얼이었다. 약 40 페이지 분량으로 화면 캡처와 함께 그녀의 꼼꼼한 설명이 적혀 있었다. 나는 매뉴얼을 보며 천천히 예산 작업을 했다. 눈에 보이지 않지만 수많은 잔업을 처리하는 것이 총무 일임을 깨닫게 된다. 그녀는 떠났고 그녀의 이름이 새겨진 파일만 남아 있다. 나는 속으로 이렇게 생각했다. '음, 훌륭한 파견직이었다.'

Part 4

회사원의 업무

견적용 업체

보고서에 무엇을 시행하겠다고 제안할 때는 보통 선택안이 필수로 들어가기 마련이다. 따라서 각 선택안이 시행될 때 소요될 자원과 시간 등을 산출하기 위해 관련된 업체를 찾아 견적을 받는 일이 종종 있다. 하지만 말이 선택안이지 윗선에서 원하는 정답은 이미 나와 있는 경우가 대부분이다. 그럼에도 선택안을 만드는 이유는 상사가 선택안을 결정하게 만들어 해당 프로젝트의 책임을 지게 하거나, 담당자가 충분히 고민해서 보고서를 만들었다는 흔적을 보여주는 좋은 장치가 되기 때문이다.

이런 이유로 보고서에 2안, 3안으로 들어가는 선택안들은 대부분 1안을 돋보이기 위한 수단으로 사용되는 경우가 많다. 나는 이런 선택안들의 세부 정보를 파악하기 위해 연락하는 업체를 통틀어 '견적용 업체'라고 부른다. 견적용 업체를 통해 이것저것 필요한 정보를 캐묻고 견적을 받은 후 1안의 내용을 돋보이게 보완해 보고한다. 물론 때로는 이들 업체에 미안하기도 하다. 업체는 마치 대규모 프로젝트를 수주할 것 같은 기대감을 갖고 '아, 저 혹시 위에서 결정된 게 있나요?' 라는 문의를 해오지만, 나는 이렇게 대답할 수밖에 없다. '죄송한데, 아직 위에서 결정된게 없어서…'

때로 직장인의 삶이란 견적용 업체와 같다는 생각을 한다. 필요할 때는 좋은 말로 교묘히 꾀어내 일을 시키고, 정작 필요할 때는 거리를 두며 말을 돌리는 일들이 비일비재하게 일어나기 때문이다. 언젠가 성사될 계약을 꿈꾸며 최선을 다하는 견적용 업체처럼, 우리는 먼 훗날의 승진을 바라보며 아등바등 노력하고 있는 것이다. 오늘도 우리는 견적용 업체와 같은 하루를 보내고 있지 않은가 생각해 본다.

A, B, C 업체들을 모두 전화해 견적을 받아보지만,
프로젝트를 진행할 업체는 이미 정해져 있는 경우가 많다.

문서 작업

회사원에게 가장 중요한 업무 중 하나는 문서를 만드는 일이다. 아니, 어쩌면 문서 작업 그 자체가 유일한 업무인 사람도 많을 것이다. 문서 자체가 업무의 산출물이 되는 경우도 많기 때문이다. 나 역시 회사에 있는 대부분의 시간을 문서 작성하는 데 사용한다. 보고서를 작성하고, 제안서를 작성하고, 주어진 주제에 대한 문서 패키지를 만든다. 무라카미 하루키는 매일 20매의 원고지를 규칙적으로 쓴다고 말했다. 나도 매일같이 파워포인트 장표 5장을 규칙적으로 만들어 낸다.

개인적으로 업무로써 파워포인트 작업을 싫어하지 않는다. 파워포인트의 빈 화면을 도화지 삼아 이리저리 내 생각과 논리를 집어넣고 이리저리 도식화를 시키면 그럴듯한 장표 한 장이 완성된다. 물론 만들어진 장표가 마치 쿰란 지역에서 발견된 사해문서처럼 대단한 가치가 있다든가, 제네바 협정처럼 특별한 의미가 있다든가 하는 것은 아니다. 그저 보고를 위해 작성되고, 보고를 마치면 그것으로 제 역할이 끝나버리고 마는 일회용 문서에 불과한 경우가 많다. 물론 때로 회사의 전략이나 신규 비즈니스 모델 같은 중요한 내용을 포함하는 문서들도 있지만, 이 또한 '보고용'이라는 쓰임새를 넘어서지는 않는다. 하지만 실망하지 않고 묵묵히 그리고 꾸준히 문서를 만들어 낸다. 문서를 만들어 내는 일은 회사원의 숙명이기 때문이다.

　회사는 문서로 많은 것들을 판단하려는 성향이 있다. 보기 좋게 잘 만들어진 문서는 내용의 충실함과 상관없이 좋은 평가를 받는다. 회사에서 문서를 잘 만든다는 것은 일반적 기준과는 거리가 있다. 회사에서 잘 만든 문서의 기준은 명확하다. 상사의 스타일대로 만들면 된다. 한 걸음 더 나아가 보이지 않는 상사의 의중을 파악해 반영하고, 보고자의 성향에 따라 보기 좋게 문서를 꾸미면 '음, 이 친구는 일을 좀 하는군'하는 평가를 받게 되는 것이다. 이를테면 보고 내용 그 자체에 집중하기보다 보고자의 스타일에 맞게 글씨 크기를 키운다든가, 보고자의 어투나 표현들을 문서에 잘 살려내면 그것은 좋은 문서가 된다. 따라서 내용의 충실함을 고민하기보다, 보고자의 성향을 파악하고 그것을 문서에 녹여내는 데 대부분의 시간을 보내게 된다.

평범한 회사원이 하는 회사 일이라는 것이 다 그렇다. 그날그날 주어진 상황을 모면하고자 적당히 문서를 만들어내며 하루하루를 보내는 것이다. 대단히 복잡하고 잘 설계된 정교한 전략을 짜내야 하는 문서는 없다. 어차피 그런 중요한 문서는 컨설팅 회사에 맡긴다. 적당히 상사 눈치 봐가며 그들의 입맛에 맞는 문서를 던져주고 퇴근하는 것이 회사원의 지혜일 수도 있을 것이다.

오늘도 그럴듯한 보고 장표를 열심히 만든다.

보고서

업무 시간이 늘어나고 야근이 잦아지는 이유는 불필요하거나 중요하지 않은 것에 유난히 시간을 허비하고 있기 때문이다. 예를 들면 파워포인트를 만들 때 가장 시간이 많이 드는 부분은 대단한 아이디어를 찾거나 전략을 모색하는 것이 아니라, 문서에 적합한 아이콘과 이미지를 찾는 것이다. 워드 작업을 할 때 가장 시간이 많이 드는 부분은 줄 간격과 들여 쓰기 간격을 맞추는 것이다. 그리고 이런 업무는 보통 별 거 아닌 것에 목숨 걸고 유난을 떠는 상사 때문에 벌어진다.

"폰트가 왜 이리 작아? 누가 알아보겠어?"

"여기랑 여기는 왜 또 폰트가 달라?"

"이 사진은 다른 것으로 바꾸게"

이런 수정 작업이 끊임없이 오가며 정작 보고서에 담을 중요한 메시지는 희석되어 버린다. 결국, 허울 좋은 이야기로 마무리되는 것이다. 그렇다면 어떻게 효율적으로 업무를 진행할 수 있을까? 내용을 고민할 시간에, 상사가 중요시하는 레이아웃 디자인 같은 껍데기에 집중하면 된다. 여기에 적당히 상사가 듣고 싶은 메시지를 던지고 마무리하는 것이다. 어차피 작성된 보고서가 제대로 쓰일 가능성은 극히 희박하다.

최근 제안서를 써오라는 업무 지시를 받았다. 말 그대로 제안이다. 상대가 마음에 들지 않으면 바로 휴지통으로 직행할 제안서 말이다. 적당히 로직을 세우고, 뭔가 있어 보이는 유식한 말로 도배하고, 보기 좋은 그림과 도식으로 가득 채워 놓았다. 상사는 이런 말을 했다.

'음, 제안 내용이 좋네.'

좋은 보고서를 쓴다는 것은
상사가 중요하게 생각하는 부분에
집중해서 쓰는 것이다.
그렇지 않으면 형편없는 보고서로
낙인찍히고 만다.

삽질

행보관이 사병들에게 삽으로 땅을 파라고 지시한다. 그리고 한참 시간이 지나서 이런 말을 한다. '작업 중지! 잘못 팠다. 다시 메우고 옆을 판다. 실시!'

누구나 한 번쯤 들어 봤을 법한 이 이야기는 '삽질하다'라는 관용어의 유래라고 한다. (근거 있는 이야기인지 잘 모르겠다.) 군대 말고 이런 삽질을 유난히 많이 하는 곳은 바로 회사라는 조직이다. 회사에서 쓸데없이 일이 많고 바쁜 이유의 근본을 들여다보면 대부분 삽질을 하고 있는 경우가 많다. 한번은 이런 적이 있었다.

며칠 전

"이슈가 뭔지 워드로 정리해서 보고하게."

"팀장님, 보고서 가지고 왔습니다."

잠시 후

"미안한데, 다시 작업해야겠다. 전무님이 파워포인트로 만들라고 하네. 내일이 사장님 보고니, 오늘까지 다시 작성하게."

어떻게 보면 회사 일은 삽질의 연속이다. 엉뚱한 업무를 맡아오는 팀장, 잘못된 업무 지시를 하는 상사, 순간순간 아무 생각 없이 내뱉는 윗분들의 말 한마디에 직원들은 오늘도 삽질을 하고 있다. 경험상 회사원에게 삽질이란 피할 수 없는 숙명 같은 것이다. 입사하는 순간 순순히 받아들여야 하는 것이다. 마치 주홍글씨의 헤스터가 가슴에 새겨진 A라는 글자를 운명으로 받아들이고 묵묵히 삶을 살아가듯 말이다.

삽질은 정확한 근육의 힘 분배와 자세를 갖추지 않으면 힘만 들고 효율은 나지 않는다. 회사 업무도 마찬가지다. 어떻게 보면 회사원의 삶은 삽질을 하는 노동자와 다를 바 없다. 회사에서 오랫동안 삽질을 하기 위해서는 적당한 힘의

안배가 필요하다. 더 할 수 있어도 적당히, 한 삽에 퍼 올릴 수 있는 만큼만 양을 조절하는 것이 필요하다. 그리고 그렇게 꾸준히 삽질을 하다 보면 어느새 삽질로 쌓아 올린 산 위에 서 있는 자신을 발견하게 된다. 그때 우리는 이런 말 할 수 있는 위치에 올라와 있을 것이다.

'이 흙을 메우고 저쪽을 파라!'

오늘도 힘차게 삽질을 하자!

— 5 —
상사의 유형

2차 세계 대전 당시 최고의 명장이라 불리던 독일의 에리히 폰 만슈타인은 그의 저서 『군인의 삶Aus einem Soldatenleben』에서 장교의 유형을 다음과 같이 4가지로 분류했다.

첫째, 게으르고 멍청한 사람 : 이들은 가만히 두어도 해를 끼치지 않는다.

둘째, 부지런하고 똑똑한 사람 : 모든 세부 사항까지 파악하고 있으므로 훌륭한 참모가 된다.

셋째, 부지런하고 멍청한 사람 : 속히 제거해야 할 위험한 사람. 쓸모없는 일거리만 만들어 낸다.

넷째, 게으르면서 똑똑한 사람 : 최고의 지휘관에 적합하다.

재미있는 것은 이 네 가지 유형을 회사로 가져와서 직장 상사들에 대입해 봐도 정확히 맞아떨어진다는 것이다. 직장에서도 최고의 상사는 게으르면서 똑똑한 상사다. 똑똑하고 부지런한 사람이 최고의 리더에 부합되는 조건이 아니라는 것에 의아해할지도 모른다. 하지만 이런 사람이 상사가 될 경우, 부하 직원과 심각한 갈등을 유발할 수 있다. 이들은 기대하는 업무 수준이 높고, 업무 처리 속도도 빨라 부하 직원의 업무 결과물에 만족하지 못하기 때문이다. 이들은 독선적이고 수시로 업무에 개입해 부하 직원의 스트레스를 유발한다. 따라서 이들은 지휘관보다는 참모의 역할이 더 어울리는 사람인 것이다.

그렇다면 게으르면서 똑똑한 리더는? 이들은 일의 흐름을 알고 효율적으로 지시할 줄 안다. 그러면서도 일에 대한 욕심이 없어 목표 수준의 성과만 낸다. 이들은 명확한 방향을 제시하고 위임을 통해 직원들의 역량을 육성하며, 적당한 산출물에도 만족할 줄 안다. 따라서 부하들도 여유롭게 업무를 처리하면서도 뒤처지지 않는 성과를 낼 수 있다.

최근 상사 때문에 힘들어하는 다른 팀 직원들과 식사를 한 적이 있다.

"아, 정말 A 차장 때문에 팀을 옮기고 싶어요. 일로 같이 엮기면 정말 퇴사하고 싶다니까요."

"왜요? 그렇게 힘들어요?"

"일단, 일은 잘 모르는데 말만 많아요. 차라리 믿고 시키면 알아서 잘할 텐데 엉뚱한 얘기만 실컷 들여놓고 몇 시간 동안 회의만 해요. 그리고 진행되는 건 아무것도 없죠. 결국, 온종일 뭔가 만들었는데 결과물은 바뀐 게 없어요. 목소리는 또 얼마나 큰지 혼자 일하는 생색은 다 낸다니까요."

생각해 보니 그는 '부지런하고 멍청한 사람'인 것 같다. 회사 생활을 오래 하다 보면 상사들의 유형은 에리히 폰 만슈타인의 네 가지 범주를 넘지 않는다는 것을 알게 된다. 차라리 그가 게으르기라도 했으면 조직에 해를 끼치진 않았을 터라고 생각했다. 이런 의미로 보면, 우리는 시간이 흐르고 조직 내 위치가 올라갈수록 게을러지는 연습을 해야 할 것이다. 머리가 좋아지기는 힘들지 않은가?

게으르고 멍청한 상사 :
업무 발전은 없으나 편함

부지런하고 똑똑한 상사 :
배울 것은 있으나 몸이 피곤

부지런하고 멍청한 상사 :
피해야 한다. 배울 것도 없고,
몸만 피곤

게으르면서 똑똑한 상사 :
최고의 상사!

신입 사원

　최근 내가 근무하는 부서에 신입 사원이 들어왔다. 아무런 직장 경력이 없는, 이제 대학교를 갓 졸업하고 들어온 말 그대로 사회 초년생 신입 사원이 들어온 것이다. 나는 직장 생활을 하며 부서에 신입 사원을 받아 본 적이 없다. 대부분의 시간을 경력 사원 중심인 외국계 회사에서 일했기 때문이다. 따라서 서류와 인·적성, 면접 전형의 모든 입사 관문을 통과하고 4주에 걸친 신입 사원 입문 교육까지 받고 들어온 신입 사원을 보니 뭔가 색다른 느낌을 받았다. 입사 첫날 모든 것을 달관한 것 같은 여유로운 표정을 지으며 '허허, 이 회사는 참 좋네요'라는 식의 너스레를 떠는 경력직과는 다른, 마치 갓 전입 신고를 마친 이등병의 긴장감과 아직 상큼한 캠퍼스의 냄새가 느껴지는 그런 직원이었다.

나는 점심시간에 보통 카페에 가서 원고 작업이나 음악 작업을 하므로 식사를 하지 않는다. 하지만, 신입 사원이 들어온 것도 팀의 경사인지라 같이 식사하며 서로 알아가는 시간을 가졌다. 그리고 입사 몇 달 되지도 않은 신입 사원 K에게 이런 말을 했다. "회사 일은 대충 하고 자기 계발하는 시간을 가져라. 내가 회사 다니면서 책을 10권 쓸 수 있었던 것도 다 회사 생활을 대충 했기 때문이다. 회사는 적당한 간판 정도로 생각하고 자신이 좋아하는 일을 찾아 집중해라."

그리고 K는 다음날부터 책을 쓰기 시작했다. '역시 요즘 신입들은 다르군. 선배의 말을 잘 귀담아듣고, 추진력이 있어.' 하며 새삼 놀라고 있는 사이, K는 추진력 있게 2달 만에 책을 다 써서 들고 왔다. 나는 틈틈이 원고를 수정해 주었고, 부서에 배치된 지 2달을 조금 넘겨 K의 책은 출판사와 계약을 하게 됐다.

최근 한 대학 동창이 내게 연락을 했다. 회사를 때려치웠다는 것이다. 이 친구는 퇴사할 때마다 나에게 전화해 상담하곤 했는데, 그는 이번이 그의 4번째 퇴사였다. 그는 늘 그렇듯 이렇게 투덜거렸다. "뭐, 이런 회사가 있어? 정말 못 해 먹겠군!" 그는 또 다른 회사를 찾아가겠지만, 그 친구에게 미안하게도 이 세상에 자신에게 맞는 회사는 존재하지 않는다. 자신이 회사를 만들면 또 모를까. 나는 그 친구에게 이렇게 말했다. "회사는 돈 벌러 가는 곳이지, 그 이상의 의미는 없다. 어떤 기대를 가지고 새로운 직장을 찾는지는 모르겠지만, 회사에서 대단한 기대를 하는 것 자체가 우스운 것이다." 회사는 회사일뿐 그 이상 그 이하도 아니다. 그도 신입사원 K처럼 회사가 아닌 삶의 중요한 부분에 집중하길 바랄 뿐이다.

최근에 입사한 신입 사원들은
다들 업무 역량이 출중하고
돋보이는 것 같다.

회사원의 글쓰기

내가 책을 쓴다는 소문이 회사 내 퍼지면서 책을 쓰겠다는 다양한 회사원들이 나를 찾아왔다. 상무부터 부장, 차장, 사원에 이르기까지 정말 다양한 직급의 회사원들이 찾아서 책 쓰는 법에 관해 물었다. 이런 질문이 잦아지자 나는 아예 책 쓰기 커리큘럼을 만들고, 본격적으로 책 쓰기 코칭을 시작했다. 실제로 몇 명은 출판사와 계약까지 성공했다. 하지만 대부분은 나를 찾아온 직원은 책을 내지 못했다. 한순간의 의욕으로 찾아왔지만, 모든 글쓰기 프로세스와 출판 프로세스를 설명해 주면 고개를 끄덕이고 돌아갔다.

하지만 그중에는 정말 욕심을 가지고 책 쓰기에 몰입하는 사람들이 있다. 이들은 내가 제시한 가이드를 따라 규칙적이고 꾸준히 글을 쓰는 사람들이다. 내가 제시한 규칙은 단순하다. '두 달 안에 초고를 완성한다. 하루에 한 꼭지씩 완성한다.' 많은 사람들이 두 달이라는 기간에 대해 이런 말을 한다. '아니, 정말 두 달이면 책을 쓸 수 있어요?' 물론 책을 한 권 쓰는 데는 오랜 시간이 걸린다. 5년간 오로지 활자와의 집요한 싸움 끝에 책을 출간했다는 소설가, 10년간의 습작 기간을 걸쳐 자신만의 문체를 발견했다는 문필가들의 소식을 접할 때면 단기간에 아무나 할 수 있는 작업이 아니라는 것을 알고 있기 때문이다.

하지만, 나는 이렇게 확신한다. '두 달 안에 초고를 끝내지 못하면, 책을 쓸 수 없다.' 물론 긴 호흡으로 글을 써야 하는 소설일 경우는 다르겠지만 일반적인 자기 계발서나 수필 정도는 두 달이면 초고를 쓸 수 있다. 물론 굉장히 빠듯한 일정이지만 무리하면 못 쓸 것도 없다. 기본적으로 책을 쓴다는 행위 자체는 모든 집중을 책이라는 한 곳에 쏟아내야 하므로 단기적인 목표를 가지고 빠르게 행동으로 움직이는 것이 중요하다고 생각한다. 글의 수준에 상관없이 이걸 해내게 되면 글쓰기의 자신감이 생기고 결국 이는 계약으로 연결되게 된다. 하지만, 한 주제로 몇 개월을 끌고 해를 넘기게 되면 결국 포기하게 된다.

비단 책 쓰기에서만 아니라 회사나 다른 삶의 영역에 있어도 마찬가지다. 오랫동안 많은 준비를 통해 이루어져야 하는 장기 프로젝트는 그 과정 속에 실패하고 만다. 단, 기간의 프로젝트를 통해 작은 성공 사례를 만들고 이를 동력으로 다음 프로젝트로 이어가는 것이 성공의 비결인 셈이다. 최근 한 직원이 책을 쓰고 싶다고 찾아왔다. 이미 내 코칭을 통해 출간된 동료의 책을 보며 자극을 받은 모양이다. 그는 한 달간 2페이지 분량의 한 꼭지만 작성해 내게 보내왔다. 나는 이메일로 피드백을 줬고, 그는 더 이상 글을 쓰지 않았다.

회사의 중요 프로젝트이던,
개인 프로젝트이던 짧은 기간에
달성하는 것이 중요하다.

출장

해외 법인 클라이언트들을 컨설팅하는 것이 내가 속한 팀의 일이다. 따라서 1년의 절반 정도는 보통 해외에 나가 있게 된다. 현장에 가서 고객사의 상황을 분석하고 효율적인 문제 해결책을 제시한다. 해외 출장이 잦다 보니 육체적으로 지치는 것이 사실이다. 따라서 우리 팀은 어떡해서든 출장 일정을 더 줄여 보려고 노력한다. 처음에는 해외 출장이라는 것에 대한 대단한 환상이 있었다. 비행기를 타고 세계 각국을 돌아다니며 이국적인 정취를 즐기며 일을 한다는 것 자체가 상당히 매력적이라고 생각했다. 하지만, 현실은 그렇지 않다. 비좁은 이코노믹 클래스에서 10시간 비행 후 바로 사무실로 달려가 업무를 본다. 호텔과 회사, 그리고 한식당을 반복해서 가다 보면 어느덧 귀국일이다. 게다가 우리가 방문하는 출장지는 보통 유럽이나 북미 같은 선진국이 아니다. 개발도상국이나 열악한 환경의 나라가 대부분이다. (주로 케냐, 콜롬비아, 인도, 등 커피 생산지가 몰려있다.)

코로나가 팬데믹으로 번지던 시기 나는 인도에 있었다. 당시 법인장은 이런 말을 했다. '우리 인도는 한국이랑 달라서 코로나 청정지역이네. 바이러스도 살 수 없는 척박한 땅이라니까. 맘 놓고 더 일하다 가게 허허. 한국 가봐야 위험하지 않은가?' (참고로 현재 인도 코로나 확진자 수는 4,340만 명을 넘어섰다.) 그리고 인도는 마지막 해외 출장지가 되었다. 코로나 이후로 모든 해외 출장이 금지된 까닭이다. 팀원들은 모두 좋아했다. 일이 아무리 많더라도 한국에서 근무한다는 것 자체가 출장지와는 비할 수 없는 편안함을 주기 때문이다. 음식 잘못 먹어 배탈 날 일도 없고, 거리에 돌아다니는 개에 물릴 걱정할 필요도 없다.

출장을 가게 않게 되자 업무를 원격으로 진행하게 됐다.

필요하면 컨퍼런스 콜로 회의를 진행하고, 이메일로 자료를 주고받으며 제안서를 작성했다. 이렇게 몇 달을 지내다 보니 한 가지 깨달음이 있었다. '아니, 출장을 가지 않고도 업무가 잘 돌아가잖아?' 그렇다. 사실 시간과 돈을 들여 해외를 나가지 않고도 얼마든지 일을 할 수 있는 방법이 있는 것이다. 문득 언젠가 누군가 말한 말이 생각났다. '사실 출장의 목적은 업무 그 자체보다도 해외 법인들의 정서적 관리 차원이 크다.' 즉, 본사에서 직원들을 보낼 정도로 너희 나라를 신경 쓰고 있다는 것을 생색내기에 출장이 제격이라는 것이다.

캘리포니아 대학의 사회학과 명예 교수인 앨리 러셀 혹실드(A.R. Hochschild)는 이런 말을 했다. '고객은 청중이고, 근로자는 배우이며, 근로 환경은 무대이다.' 즉, 회사원은 회사라는 무대에서 자신의 감정을 숨기고 연극을 해야 하는 배우라는 것이다. 회사 업무도 알고 보면 단순히 사무적으로 처리하는 것이 아니라 사람의 감정을 처리해야 하는 일이다. 그래서 우리는 상사의 마음에 들게 보고서의 폰트를 고치고, 임원의 그날 분위기에 따라 보고 일자를 미루기도 하고,

상사의 눈치를 보고 퇴근을 하는 것이다. 비단 서비스업 종사자들뿐만 아니라, 일반 회사원들도 큰 의미에서 보면 일종의 감정 노동자인 셈이다. 이제 코로나가 한층 잠잠해졌고 다시 해외 출장을 나가게 될지도 모른다. 해외에서 고달픈 직원들의 마음을 달래기 위해서.

출장 없이 화상 회의로도 충분히
업무 수행을 할 수 있다.

친구

무엇이 직장인을 만드는가

학창 시절 내가 가장 많이 했던 것은 오락실에서 게임을 하거나 만화방에 가서 만화를 본 것이다. 오락실과 만화방에는 늘 한 친구와 함께했다. 새로운 게임이 나올 때마다 새로운 캐릭터나 필살기에 관해 떠들어 대거나, 만화책 신간이 나올 때마다 만화의 스토리나 설정 등에 대해 진지하게 이야기했다. 우리는 중고등학교 시절을 이렇게 흘려보냈다. 고등학교를 졸업하고도 우리는 함께였다. 함께 재수를 했다. 재수할 때도 우리는 꾸준히 오락실과 만화방을 갔다. 하지만 세월이 지나자 우리는 서로 다른 각자의 삶을 살게 됐다. 그는 의사가 되었다. 공부를 잘했고, 열심히 했다. 나는 회사원이 되었다. 나는 공부를 못했다. 그저 그렇게 노력했고, 관심도 크게 없었다. 지금 그 친구는 잘나가는 호흡기 내과 전문의의 삶을 살고 있다. 나는 평범한 회사원이 되었다. 공부를 못했기 때문이다. 의대에 가려면 상위 1% 미만의 성적을 받아야 한다. 그렇다면 나머지 99%는? 아마 그들의 대부분은 회사원이 될 가능성이 크다. 우리는 이렇게 평범한 회사원이 되는 것이다. 회사원이 되기 싫다면 공부를 잘하거나 일반적이지 않은 다른 길을 모색해야 한다. 공부를 월등히 잘한다면 아마 다른 길을 걷게 될 확률도 높아지리라 생각한다.

회사, 그리고 친구

업무에 치이고, 퇴근하면 집에 가기 바쁘니 대부분 친구들은 떨어져 나가고 극소수의 친한 친구하고만 간간이 보게 된다. 오히려 정말 친해지는 사람들은 같이 근무하는 회사 동료들이다. 회사가 아니면 만날 수 없는 아무런 학연과

지연이 없는 사람과 매일 8시간 이상을 같이 생활하다 보니 자연스럽게 마음을 열고 상당히 우호적인 관계를 유지하며 지내게 되는 것이다. 이들은 엄밀히 말하면 직장 동료이나, 어떤 의미로는 친구이기도 하다. 같은 업무를 고민하고 업무상 비밀을 공유하며, 상사를 같이 비난하며 우정이 싹트는 것이다. 회사에서 친구 만들기는 어느 정도 한계가 분명히 있다. 직장 험담으로 형성된 공감대로 관계를 지속하기에는 피로감이 쌓이고 이래저래 부서의 눈치를 봐야 하므로 어느 정도 거리를 유지할 수밖에 없기 때문이다.

퇴사와 친구

회사에서 아무리 친하게 지내는 직장 동료가 있다고 해도 직장에서 만난 친구는 만남의 유통기한이 있기 마련이다. 그 기한은 바로 퇴사일이다. 직장 친구는 같은 직장에 있기에 의미가 있다. 이직하거나, 한동안 회사를 떠나버린 경우 이미 공감할 수 있는 공통 화제가 사라지고 만다. 처음 한두 번 정도는 만나서 회사 돌아가는 이야기를 할 수 있겠지만, 이내 서로 알지 못하는 주제로 가득 차게 되고 몇 달이 흐르면 이내 기억에서 잊히고 마는 것이다. 나 또한 퇴사 후 한 달에도 몇 번의 모임을 가질 정도로 친했던 동료들과의 모든 연락이 끊겼다. 찾아주지도 않고, 나 또한 굳이 연락할 생각을 하지 않는다. 그저 '그래, 그때 그 회사에 저런 사람이 있었지…' 정도로 기억될 뿐이다.

직장인은 어떻게 만들어지는가?

학창 시절 열심히 공부하지 않는다.

고달픈 회사원이 된다.

학창 시절 열심히 공부한다.

잘나가는 전문직 직장인!

이메일

직장생활을 하다 보면 크고 작은 실수를 저지른다. 나 또한 회사에 피해 끼칠 만한 사고는 친 적이 없지만 사소한 실수는 수없이 많이 했다. 실수가 잦은 대표적인 업무는 이메일 발송이다. 실수의 종류 또한 띄어쓰기와 맞춤법 실수부터 잘못된 어법 및 어휘 사용, 그리고 오타에 이르기까지 다양했다. 예를 들면 '세부 사항은 첨부 확인 바랍니다.'라고 써 놓고 파일을 첨부하지 않고 단체 메일을 발송한다든지, 정기적으로 발송하는 안내 메일에 지난달 일자를 그대로 사용한다든지 하는 식의 실수는 비일비재했다.

나의 직장생활을 통틀어 가장 큰 실수라고 생각되는 사건 또한 이메일 실수에서 나왔다.

업무상 파트너로 일하고 있는 업체의 담당자에게 보낸 이메일이 문제였다. 이 담당자는 평소에 늦은 업무 처리 속도, 업무 실수가 잦아 신뢰가 떨어지는 사람이었다. 게다가 말투 또한 호전적이라 커뮤니케이션은 상당히 꺼려지는 담당자였다. 어느 날, 신속히 받아야 하는 자료가 있어 급히 메일을 보냈다. 그리고 보낸 메일을 다시 확인해 보니 아주 치명적인 오타를 발견하고 말았다. 그것도 메일의 첫 문장에서 말이다. '안녕하세요, 박XX 주인님' 그렇다. '주임'이라는 직급을 '주인'으로 써버린 것이다. (참고로, 키보드를 보면 'ㅁ'과 'ㄴ'은 사이좋게 붙어 있다.)

박 주임을 박 주인으로 써버리다니, 대한제국이 일제에 의해 통치권을 잃어버린 경술국치와 맞먹는 수준의 치욕감이 들었다. 외부로 보내는 메일은 발송 취소도 불가능했다. 나는 메일을 다시 보내 '주인-> 주임'이라고 쓰고 싶었으나 그러지 않았다. 경영의 신이라 불리는 일본 마쓰시타 전기 산업의 창업주 마쓰시타 고노스케는 이런 말을 했다. '간혹

실수를 하는 것은 크나큰 질책의 대상이 될 수 없다. 다만, 실수를 처리하는 태도로 그 사람이 어떤 사람인지 알 수 있다.' 철자 하나 고친다고 메일을 다시 보내는 것은 너무 쪼잔해 보였다. '음, 철자 실수를 해 사안의 긴박함을 현장감 있게 잘 전달했어.'라며 스스로를 위안했다.

며칠 뒤 박 주임의 이메일이 왔다. 마치 캘리포니아주의 느긋한 농부가 보내는 편지처럼 느릿한 답장이었다. 그의 이메일에 맞춤법에 대한 언급은 없었다. 메일을 받고 업무 문제로 전화 통화를 했다. 그는 역시 맞춤법에 대해 언급은 하지 않았다. 나는 전화를 끊고 곰곰이 생각했다.

'어쩌면 그는 생각보다 괜찮은 사람일 수도 있겠다.'

"지금은 아직 제가 뭘 하고 싶은지, 뭘 할 수 있는지 잘 모릅니다. 하지만 이제부턴 언제나 푸른 하늘을 보고 웃으며 저 자신을 속이지 않고 살아가고 싶습니다."

나루시마 이즈루 감독의 영화 '잠깐만 회사 좀 관두고 올게'의 주인공 아오야마 다카시가 회사에 퇴사 의사를 밝히며 한 말이다. 이 영화에서 항상 회사 업무로 번 아웃이 되어 있던 신입 사원 다카시는 우연히 성격이 활달한 친구가 마주친다. 회사 업무에 치여 항상 우울하고 자살 기도까지 했던 그는 친구의 영향으로 정말 소중한 삶이 무엇인지 깨닫고 퇴사를 결심하게 된다.

영화를 보는 내내 '현실에서도 이런 결심을 할 수 있다면 얼마나 근사할까?'라고 생각했다. 하지만 이내, 내일도 출근해야 한다는 냉정한 사실에 금세 시무룩해지고 말았다. '그는 아직 앞길이 창창한 신입 사원이고, 먹여 살릴 가족들도 없으니까 가능한 거겠지.' 하는 생각이 들었기 때문이다.

회사원이라면 누구나 퇴사를 꿈꾼다. 한쪽 주머니에는 사직서를 반대 주머니에는 로또를 품으며 말이다. 하지만 이 꿈을 가슴속 어딘가에 깊숙이 묻어두고 다시 출근한다. 영화 주인공 다카시의 말을 떠올리며 말이다.

'어쨌든 지금은 일하자 내가 할 수 있는 일이 얼마나 있을지 모르지만 우선, 할 수 있는 것부터 성실하게 임하자.'

회사 다녀오겠습니다

초판인쇄	2022년 8월 9일
초판발행	2022년 8월 16일

지은이	이용준
발행인	조현수
펴낸곳	도서출판 더로드
기획	조용재
마케팅	최관호 최문섭
편집	강상희
디자인	호기심고양이

주소	경기도 고양시 일산동구 백석2동 1301-2
	넥스빌오피스텔 704호
전화	031-925-5366~7
팩스	031-925-5368
이메일	provence70@naver.com
등록번호	제2015-000135호
등록	2015년 06월 18일

정가 15,800원
ISBN 979-11-6338-300-0 03810